# 培根人生随笔

Essays

〔英国〕弗兰西斯·培根 著

乌尔沁 译

译林出版社

# 目　　录

# 一　论真理

彼拉多曾以一种戏谑的口吻说道："真理又是什么呢？"[1]他的这个问题，似乎并不需要人来回答。诚然，这个世界上，有些人总是喜欢把个人的说法和行动变来变去[2]。他们认为，人要是有了所谓的信仰，恐怕也就是给自己套上了一副人生枷锁。于是他们在思想和行动上，都刻意地要求自我意志的开放自由。虽然这些不同人物的行为已经不复存在，但是，至今仍有一些后来居上的游说者与他们同流合污。尽管这些后来者比他们更加心高气傲。然而，现实中的人们往往更愿意相信谎言。原因不仅仅在于人们在寻找真理的时候，需要付出许多艰难困苦；同时，也并不在于寻到所谓的真理之后，真理会束缚他们的思想与自由；而是在于人的本性当中，似乎有一种与生俱来的说谎天性。

其实，在古希腊晚期哲学家当中，曾经有人研究过这个问题[3]。但是他们似乎又充满迷惑，为什么谎言常常会让人们为之着迷？仔细揣摩，其实谎言也只是一个谎言而已。它既不能像诗歌那

---

①参见《圣经·新约·约翰福音》第18章。彼拉多（Pontius Pilate）曾是罗马委任的犹太（Judea）总督。在审讯耶稣时，耶稣说道："我来到世间是为了传播真理。"而身为审判耶稣的人，彼拉多嘲笑地说了这样一句话。

②这里一般是指雅典怀疑派哲学家。

③指古希腊哲学家卢西安（Lucian，公元125—180年），希腊晚期怀疑主义哲学的批判者，著有《爱伪论》。

样，为人们带来愉悦与美感；也不能像经商那样，为人们赢得财富和利益。我全然不懂，谎言到底是什么，能够紧紧俘获人心。或许，可以把真理比做一种毫无隐饰的白昼之光。生活中上演的那些人间喜剧，正是在这白光下被照射得显露无遗。但是，自然之光却远远不如华丽灯光照射下的化妆舞会那样迷幻朦胧、仙气十足。在世人眼中，真理的价值如同日光下的骊珠。但是天然的珍珠，却比不上那些斑驳多彩的灯光下的梦幻钻石和红玉。

很多时候，谎言常常会给人们带来某种错觉或假象，利用乃至欺骗人们对事物表象的最初的良好的判断。虽然人的谎言往往虚幻缥缈，可是它总能给人带来一些表面伪饰下的快乐与情趣。假如从人们的心中剔除谎言的虚妄和华丽的表象，包括错误评价、妄想意志、武断印象等，抛弃了阿谀奉迎之后，那么很多人一下子就会只剩下可怜的肉体，而且这个肉体满是忧郁和疾病。甚至在面对自己时，他也会感到厌恶。对于这一点有人会怀疑吗？

一位神父曾经十分严厉地指责诗歌是“魔鬼的药酒”。[①]因为诗歌能够用她的韵律和美感给人们带来想象。不过，诗歌也只不过是一种含有“谎言”影子的假象罢了。但是，诗歌怎么变成了害人不浅的“谎言”或“假象”了呢？因为，作为“谎言”的诗歌具有蛊惑人心的成分。但是，她的坏处并不在于她那闪念的浮夸的一时的虚假“谎言”，而是在于那些根深蒂固占据人心的真正谬误。要知道，对于“谎言”与“谬误”之类的事情，现实生活无论人们具有怎样的判断能力、情感态度以及道德观念，还是具有何种爱好追求，而真理本身仍拥有自己

①此句源于圣哲罗姆（Saint Jerome，公元347—420年）和圣奥古斯丁（St Augustine，公元354—430年）。他们分别指责诗歌是“魔鬼的诱饵”和“魔鬼的药酒”。培根在此将上述两论合二而一。

评判的标准与尺度。真理是人性深处至高无上的一种美德，而且只能够依据自身来进行评判。真理的真，在于告诉我们如何研究真理、认识真理和相信真理。做到了这些，就是享受真理。而这是人性中最高尚的美德。

要知道，上帝在创造宇宙万物的时候，第一项创造就是光明，最后一项应当就是理性之光了[①]。安息日里创造的是启蒙人类心智的智慧之光。直至今天，上帝仍然作为光明与智慧的造物主，以他的圣灵和明光，恩赐和昭示着世人，给人世带来希望。记得有一哲学流派在很多方面都弱于别派，可是有一位诗人却为它增光添彩。诗人曾经这样说："站在海边，遥看大海上颠簸的船舶是一件乐事。站在堡垒上，观看下面的激烈战争也是一件乐事。但是，没有一件乐事能够与站在真理的高峰（一座最高的山峰，那里永远清澈而宁静）之上目睹高峰下人世峡谷深处的迷惘与漂泊，障碍和风暴那样相比拟。"[②]

从哲学和神学的角度来看，如果人永存恻隐之心，为人处世真诚，那么就会觉得上面的这些话贴入肺腑。当然，一个人若能以仁爱为动机，以天意为归宿，以真理为轴心而行动，那么这个人便生活在天堂了。如果我们能从教义和哲学中的真理，感悟到世事的真理，那么即使那些在行为上并不怎么坦诚和端庄的人，恐怕这时也会承认，坦诚与正直地对待他人，才是人性深处的终极光荣。而世间那些虚情假意之人，犹如混迹金银当中的杂质。可能这些杂质一时扩大了金银的流通规模，但是却贬低了金银的真正品质。因为这些不光明的行为，可以说是如蛇行一样，不用

①参见《圣经·旧约·创世记》第1章第1至3节。

②指的是伊壁鸠鲁派哲学家卢克莱修（Lucretius，约公元前99—前55年）的观点。卢克莱修，古罗马诗人，著有《物性论》等。卢克莱修认为：感觉是一切的尺度。

脚而用肚皮蹭着地走路的。[①]

在世界中，没有一种恶德比虚伪和背信弃义更令人蒙羞。所以蒙田[②]在研究谎言时指出，说谎是一种羞辱之事，而且也是可恨至极的罪孽。蒙田认为："仔细考虑，要是说一个人在说谎，那么几乎就等于说他在挑战上帝，并且害怕见到他人。因为每一句谎言都在直面上帝而又逃避他人。"曾经一个预言这样说道：当基督再次降临时，他在人间会找不到诚信。可以说，世人的谎言是上帝裁判人类的最后丧钟。对于虚情假意和背信弃义的罪恶，这不失为一种郑重的告诫。

①参见《圣经·创世记》，一条蛇引诱亚当、夏娃犯罪，于是上帝诅咒蛇："你必用肚子行走，终生吃土。"

②蒙田（Michel de Montaigne，公元1533—1592年），法国著名思想家和文学家。主要作品有《随笔集》。

# 二　论死亡

像儿童畏惧黑暗一样，人类或因听信了太多鬼怪故事，而变得非常恐惧死亡。其实细想一下，与其把黑暗的死亡视为一种恐怖，倒不如采取一种比较理性的虔诚态度，冷静而平淡地看待人的逝去，把死亡看做一项不可或缺的最后归宿。尘归尘，魂归魂。或者把它当成对于尘世罪孽的一种救赎，把死视为“罪的代价”①。如果我们只是把死亡看做是人对大自然的畏怯和献祭，那么自然就会对死亡心怀恐惧与不安。当然，在宗教的沉思中，我们对死亡的理解也难免掺杂一些虚妄与迷信。

在一些天主教修士的苦行录中，我们可以看到这样的观点和认识：“试想人的一个手指如若受伤甚至折断了，就已痛苦不堪了，那么当一个人面临死亡，更甚的是全身遭受侵腐与损害时，这种痛苦不知要增加多少倍啊！”实际上人死亡的痛苦并不比断掉一根手指更重。因为人身上的致命器官十分脆弱。所以，塞内加②以智者和凡人的身份所讲的话是正确的。他这样指出：“一切对死亡的恐惧，甚至比死亡本身更加可怕。”这是说，人死前的那种呻吟与痉挛，肤色苍白，亲友悲号，丧具与葬仪，如此种种关于死亡信息的传递，都把死亡的过程衬托

①语出《圣经·新约·罗马书》第6章第23节：“因为罪的代价乃是死。”

②塞内加（Lucius Seneca，公元前4—公元65年），古罗马哲学家、戏剧家。

和装饰得十分可怕。

然而尤应注意的是，人类的心灵并非真的如此软弱，以至于不能面对死亡的恐惧。其实人类拥有许多战胜死亡恐惧的条件。它们能够帮助人类克服对死的恐惧。仇忾之气压倒死亡，爱情之心蔑视死亡，荣誉之感让人献身死亡，哀痛之心使人奔赴死亡。而人的怯懦与软弱，会使得死亡尚未到来之前，就已让活生生的心灵先死掉了。在人类的历史长河中，我们看到，当奥索大帝[①]伏剑自杀之后，他的近臣奴仆们只是出于忠诚和同情，甘愿为之殉身。事实上，这只是一种软弱的感情。对于死亡，塞内加指出："人的厌倦和无聊也会导致自杀，乏味与空虚能够让人死于非命，尽管这个人既不英勇又不悲惨。"但是，应当指出的是，死亡无法征服伟大的灵魂。直到生命的最后一刻，伟人仍始终如一，不失本色。

在奥古斯都·恺撒[②]将死之际，他并不关心个人生死，唯一所关注的是他的爱情。在弥留之际，奥古斯都·恺撒还对妻子情意绵绵："永别了，我的里维亚[③]，不要忘记我们的过去……"另外，提比略[④]大帝也绝不畏惧死亡，甚至不去理会死亡对他的步步逼近。正如塔西佗[⑤]所说："虽然他的体力每况愈下，智慧却敏锐

①奥索大帝（Otho），公元69年为禁卫军拥立为罗马皇帝，并于同年在第一次德里亚库姆战役失败后自杀。

②奥古斯都·恺撒（公元前63—公元14年），本名屋大维。他是前任恺撒大帝的甥孙和继承人。当时的罗马元老院授予屋大维"奥古斯都"的称号，意为"伟大神圣"。

③里维亚（公元前58—公元29年），奥古斯都·恺撒的王后，提比略的母亲。

④提比略（Tiberius，公元前42—公元37年），公元14年继奥古斯都·恺撒之后为帝。

⑤塔西佗（Tacitus，公元56—公元117年），古罗马史学家和元老院议员，其著作有《编年史》和《历史》。

如初。”韦斯帕芗[1]显然也是个伟人，他幽默地迎候死亡的降临。他坐在椅子上说道：“难道我就是这样成为神了吗？”迦尔巴[2]的死纵然突如其来，但是他却勇敢地对那些疯狂的刺客坦然说道：“来吧，你们动手吧，只要这对罗马人民有利！”随后他从容引颈待戮。至于塞提米尔斯·塞佛鲁斯[3]一直到死前，还惦念自己的工作。他的伟大遗言是：“假如还需要我办一点什么的话，就快一点拿过来……”诸如此类视死如归者，史上大有人在。

但是，那些斯多葛学派[4]的人却把人的死亡看得过于严重，他们不厌其烦地讨论对于死亡的种种精神准备，反而使死亡显得更加恐怖。对于死亡，尤维纳利斯[5]说得极好：“生命的终结也是大自然赐予人类的恩惠之一。”死亡与生命都是大自然的产物。一个婴儿的降生也许与死亡同样痛苦。那些在炽烈如火的激情中身受创伤的人，常常是感觉不到痛楚的。而一个坚定执著拥有誓死如归信念的心灵，也绝不会因为死亡临近而陷入畏惧。人生最美好的挽歌，就在于当你在一种富有价值的事业中度过一生之后，依然能够微笑地说道：“主啊，如今请让你的仆人安然离去吧。”[6]事实上，死亡还具有一种作用。它能够消歇尘世的种种困扰，打开赞美和名誉的大门。往往那些生前受到格外妒恨的人，死后却常常得到爱戴和敬仰。

---

①韦斯帕芗（Vespasian，公元9—公元79年），公元69年至公元79年任罗马皇帝。

②迦尔巴（Galba，公元前3—公元69年），公元68年尼禄皇帝自杀之后继任罗马皇帝。登基七个月之后被杀。

③塞提米尔斯·塞佛鲁斯（Septimius Severus，公元146—公元211年），公元193年至公元211年任罗马皇帝。

④斯多葛学派（Stoics），公元前4世纪前后古希腊哲学流派。

⑤尤维纳利斯（Juvenal，公元55—公元135年），古罗马作家。

⑥语出《圣经·新约·路加福音》第2章第29节，系英国教会圣歌首句之一。

# 三　论宗教信仰的一致性

宗教信仰是人类社会生活的重要支柱之一。假如人们的宗教信仰是一致的，那么我们的社会也就是幸福的。对于非基督教徒来说，他们似乎从来不因信仰和见解的差异而陷于纷争。也许这是因为异教徒比较看中信仰方面的仪式与典礼，而缺乏某种理论信念吧。只要细想一下他们的灵魂向导大多是浪漫的诗人，大概就知道了他们所信奉的宗教到底是什么了。但是，我们的上帝却是“忌邪之神”。因而上帝既不允许不纯粹信念的存在，也不允许奉祀异教的神灵。那么，我们究竟如何才能保持信仰一致？这个问题确实值得深究。

保持宗教信仰的一致，除了将相信上帝作为最高目标之外，还应当包括另外两种意义：一方面与教会外部的人有关，另一方面与教会内部人有关。对前者来说，异教及其信徒的存在玷污圣灵。他们是一切道德败坏当中的首恶者。正如由伤口进入身体的病菌导致腐烂一样，精神上的腐烂也会由此生发开来。所以，再也没有像不同的宗教信仰那样，更足以导致宗教分裂了。这就犹如有人呼唤：“看哪，基督正在旷野之中游荡！”而同时另外一些人也在呼唤着：“看哪，基督正在圣坛之上！”那么此刻，让我们究竟追随谁呢？

在此特别情况下，最好的办法恐怕只有一个，就是出自基督的那句名言：“你们既不要出去，也都不要相信。”圣保罗基于他个人的感召使命，曾经这样对身边的一些无信仰者说道："如果一个异教徒听到你们这些各说各话的所谓教义，他恐怕只会认为这里有一群疯子。"[1]对于本来就是无信仰的无神论者，看到宗教之中的这种矛盾与冲突，更会使他们远离圣殿，高居于亵渎者的位置上了。从前有一位幽默家，虚拟了一套丛书，其中有一本书的名字叫做《异端教派的莫里斯舞》。在谈论如此严肃的问题时援引此例，未免有点不恭。然而那本书所嘲弄的，正是异端攻讦者的可笑嘴脸。

宗教信仰的一致，会给教徒们带来一定的好处，那就是包容着无限神恩的和平。和平能够呼唤人的爱心。而这种和平，实际上就是一种幸福。和平不仅使人拥有爱心，还能树立信仰，孕育博爱，并使外在的宗教信仰和平地达到净化心灵的目的。这样一来，也就大可不必浪费用文章去论战的精力，而是将其转移到书写信仰和诚实忏悔的敬神理论上去。至于如何使宗教信仰达到一致，这个问题也很重要。现在有两种比较极端的看法。对一些激进分子而言，两者之间所有的调和妥协几乎都是十分可憎的。

正如《旧约》当中所说的那样："耶户[2]，和平是什么？和平不和平与你何干？请你转回身去吧！"对于这一派的人来讲，和平并不算什么。他们宁可不要和平而只要宗派。与此相反的是，有些教派却一味追求妥协与折中，甚至不顾信仰的基本原则。事实上，这两种极端的态度都应当尽量避免。协调宗教信仰的最好原则就是"凡是不帮助我们的，那就是反对我们的"。这也就是说：若不是我们的朋友，那他就是我们的敌

①圣保罗，也就是圣徒保罗，本名扫罗。犹太人，毕生数历灾难，深获上帝祝福。

②耶户是古代以色列一位将军。参见《圣经·旧约·列王纪下》。

人。而这个“凡是不反对我们者，就是帮助我们”[①]，换一句话说就成了：凡不是我们敌人的，那就应当是我们的朋友。只要我们在信仰大前提上没有什么分歧，那些在观点、教义和解释上的具体差异，也就可以求大同而存小异，不应当为了论争而去分裂信仰。

在这里，我还有一孔之见。请大家保持注意，千万不要让一些琐碎的争论分裂我们的信仰。事实上，其中的分裂原因往往可能是存在着两种性质的争论。其中一种，争论的论点本来分歧不大，只是由于争论的态度激发争论。这种争论常常微不足道。圣奥古斯丁曾经说过这样一句名言：“基督的服装本来是天衣无缝的，但是教会的衣服上却是有着多种颜色。”[②]圣奥古斯丁又说道：“可以允许衣服拥有不同的色彩和变化，但是却不能允许它存在剪裁式的分裂。”这就是说，和谐统一与专制一体，并不是同一回事。

关于信仰的另一种争论，本来论争内容是关于实质问题的，但是愈争论到最后，原本非常重要的问题就会愈显得诡辩了，可能华而不实，有的还可能莫名其妙。现实生活中，一个有能力有学识的人，有时会遇到一些无知浅薄之辈提出来的某种不是问题的问题。虽然那些凡人由于误解和浅见而攻击有识之士，但是这些饱学之士却理解他们，因为那些人的论题意思在实质上与他并无严重分歧。凡人对凡人尚能如此，那么全知全能的上帝呢？难道人们还不能超越世俗教徒的那一些表面纷争，从而洞悉他们信仰的实质吗？所以，对于此类世间争论，圣保罗也曾经这样警告过我们：“不要滥用新奇术语，制造似是而非的所谓学问。”[③]

---

①参见《圣经·新约·路加福音》第9章第50节。

②《圣经·新约·约翰福音》第19章第23节有基督教衣服无缝典故。

③参见《圣经·新约·提摩太前书》第6章第20节。

因为某些人专门喜欢标新立异，用一些新鲜术语哗众取宠。他们不是让意义支配辞藻，而是让辞藻支配意义。

在信仰即将达成一致的时候，还有两种情况需要加以注意。第一种情况是，不要以盲从的愚昧作为基础，比如在黑暗之中，所有的色泽看起来几乎都是一样的。另一种情况是，不要全盘吸收本质上互为矛盾的观念和理论。囫囵吞枣的结果，就是把真理与谬误搅在一起。真理与谬误，就像尼布甲尼撒王[①]梦见的神像脚下的铁和泥一样，它们可能会相互依附，但绝对不可能融为一体。我们还要注意的是，真正的信仰上的一致，应当有利于巩固人类之间的博爱和社会的组织。基督徒的手中握着两柄利剑。一柄剑用于灵魂，另一柄舞于尘世。这两柄剑应该各有各的用途。但是我们切记，千万不可操起第三把剑。这也就是所谓的穆罕默德之剑[②]。我这里的意思是，决不可以拿着利剑布道，用武力、流血和屠杀来强制推行某一种信仰。

当然，这并不包括对付罪恶，比如亵渎神明，授平民以刀剑，利用宗教信仰煽动武装叛乱的情况。如若试图以武力统一信仰，那有违天意。这是利用上帝的一项训谕，去否定另一项训谕。要知道，上帝认为，人类不仅仅是基督徒，他首先是人。所以当罗马诗人卢克莱修看到了阿伽门农王[③]以亲生女儿向女神献祭时，他叹息道："想不到宗教竟能使人犯下如此的罪恶。"[④]但是，如果他能看到法兰西1572年8月23日巴托罗

①尼布甲尼撒王（Nebuchadnezzar），巴比伦国王。曾率兵毁灭耶路撒冷。参见《圣经·旧约·但以理书》第2章第41节。

②穆罕默德，伊斯兰教创始人，主张以武力传教。

③阿伽门农王（Agamemnon），古希腊统帅，他曾于狩猎中杀死了狩猎女神阿尔忒弥斯的神鹿，女神大怒，以海上逆风阻挡希腊舰队前行，卜者预言只有献祭其女方能化之。他心痛不已只得依从，后女神解救其女，以鹿代之。海风立时转向，希腊军遂行。

④参见《物性论》第一卷。

缪节之夜对异教徒的大屠杀，以及1605年11月5日信徒福克斯谋杀英王和议员的猖狂阴谋，那么他就会更有理由兴发这种感叹，并且更加坚决地反对宗教、主张无神论了。所以那一柄尘世之剑，还是不要为了宗教信仰问题而挥舞吧！如果把宗教之剑交给庸众操持，这就显得更为荒谬和可怕。此种行径，恐怕只有魔鬼和那些所谓的“再受洗派”[①]的狂热迷信分子们才会采取。

当人们说魔鬼“要升至天堂与上帝并驾齐驱”[②]时，显然这是肆无忌惮的渎神之言。但是如果让上帝化为人身，并且任由他们说道上帝“将要降临人间与魔鬼一样可怖”，那么，这话更是明目张胆的渎神之举了。但是，如果以宗教的名义谋杀君王，屠杀人民，颠覆国家和策反政府，把圣灵的鸽子变成兀鹰或者乌鸦，把普度众生的慈爱航行变为霸道的海盗之船，那么这些行径，难道就不是渎神之举吗？因此，我们当务之急就是对一切以宗教和信仰的名义进行煽动谋反的暴力行径以及所有为此行径辩护的邪说，君王应当用他们的法律刀剑，学者应当以他们的笔锋，像天使挥舞夺魂金杖一样，无情地将他们投入地狱，使其万劫不复。

在一切关于宗教的理论当中，最高明者无过于信徒圣雅各的这样一句名言：“人的忧愤情感并不能体现上帝的正义。”[③]另外，还有一位古代神学家也曾说过同样坦率的话：“凡是施压与强制别人良心和信仰的人，他们多半是为了自己的利益。”

---

①再受洗派（Anabaptists），16世纪欧洲宗教改革时期新教中一些主张成人再受洗礼的激进派别的总称。

②参见《圣经·旧约·以赛亚书》第14章第14节。

③参见《圣经·新约·雅各书》第1章第20节。

# 四　论复仇

复仇是一种野蛮的裁判。人性越是靠近它，公正和法律就越应当铲除它。因为罪恶最初发生的时候，只不过是触犯了法律，可是如果对这种罪恶进行报复的话，那就超越了法律范围。诚然，人的复仇也是一种施恶，它使一个人对他的仇人进行着同样的破坏。但是，如果复仇者能大度谅解，而不去斤斤计较的话，那么他的举动就明显要比他的仇人高出一筹了，因为宽宥仇敌是君子的品行。这里，借用所罗门[①]之言："宽恕人间的怨仇而不报复是一种光荣。"过去的事情已经过去了，无可挽回。一个明智的人绝不会再为从前的一些琐事枉费心机，现在和将来的事情就已经足够他忙活的了。

世界上没有什么人是为了作恶而作恶。一个人作恶无非是为自身获取利益，比如金钱、荣誉、财富或者诸如此类的东西。因此，一个人爱自己胜于爱别人，我们为什么要对他的行为感到生气呢？即使生活中有的人因为生性邪恶而去作恶，那又怎么样呢？这个作恶者也不过像荆棘一样——荆棘只会刺人与伤人，其他的它们什么也做不了啊。也许，有的罪恶尚无法律可以补救。所以，复仇当中有可原谅的一种，就是报没有法律可以纠正的那种仇。但是，在这种情形下那个报仇的人也应当留神，他所报复的罪恶，最好是没有法律来加以惩罚的才好。否则，他的仇人遭报之后，恐怕是要变本加厉地予以报复。因为报复者和仇人之间，吃亏比例基本是二比一。有些人在报仇时，刻意想要

①所罗门（Solomon），古以色列第三代君王，生活于公元前10世纪。参见《圣经·旧约·箴言》第9章第11节。

仇家知道，这个报复来自何方。冤有头，债有主。因为报仇的痛快之处，似乎不在于叫对方吃多大苦，而在于使对方悔罪。可是，那些卑劣懦夫的复仇，却犹如暗中飞箭。

佛罗伦萨科斯谟斯大公[①]曾经有一句名言，指责那些忘恩负义的人：“你可以在圣书当中读到基督教导我们饶恕敌人的话。可是你永远读不到教导我们饶恕背信弃义的朋友的话。”[②]他的意思是，对于恶友不可饶恕。然而约伯[③]的人文精神似乎更加高尚一些。他这样说：“难道我们不是从上帝手中得福的同时也得祸吗？”个中道理，类推到朋友上面，亦当如此。的确，一个人如果总是念念不忘个人仇恨，就是把自己的旧伤口常常舔其如新。其实，这个伤口如若不老是被这个伤者舔来舔去，满心复仇的话，那么，它会慢慢愈合的。通常，报复公仇的复仇行为多半是会成功的，比如为恺撒之死，[④]为佩提纳克斯之死，[⑤]为法兰西国王亨利三世之死[⑥]以及许多诸如此类的复仇事件都是成功的。然而，在报复私仇上面，往往并非如此。那些衔怨太深而积累报复之心的人，他们像是妖巫般的生活着。这种人活着于人不利，死了也于己不幸。

---

①科斯谟斯（Csmus，公元1519—1574年），意大利佛罗伦萨贵族，学术功底深厚。

②参见《圣经·旧约·利未记》第19章第18节。此文中有上帝诫命：“爱人如爱己”。

③约伯（Job），《圣经》人物。希伯来族长，他一生含辛茹苦地侍奉上帝。参见《圣经·旧约·约伯记》。

④尤利乌斯·恺撒（Julius Caesar），公元前49年成为古罗马独裁者，公元前44年被布鲁图等人杀死。他的甥孙兼继承人屋大维为他复了仇。

⑤佩提纳克斯（Pertnax，公元126—193年），古罗马皇帝，登位仅三个月被叛变禁卫军所杀。身后继承人塞提米尔斯·塞佛鲁斯为佩提纳克斯复了仇。塞佛鲁斯于公元193—211年任罗马皇帝。

⑥亨利三世（Henry III，公元1551—1589年），公元1574年登基为法国国王，1589年被杀。

# 五　论逆境

“一帆风顺虽然令人羡慕，可是逆水行舟有的时候更会让人钦佩。”这句很有意思的话，是塞内加效仿斯多葛派讲出的名言。确实如此。如果奇迹就是超乎寻常，那么它常常是在对逆境的征服中来显现的。塞内加还说过一句更为深刻的格言：“真正的伟大，在于以脆弱的凡人之躯而具有神性的不可战胜。”这是宛如诗句的妙语，其境界意味深长，回味不绝。古代诗人在他们的神话中曾描写过：“当赫拉克勒斯[①]去解救盗火种给人类的英雄普罗米修斯[②]的时候，他是坐着一个瓦罐漂渡重洋的。”这个故事其实也正是人生的象征，因为每一个基督徒，正是以血肉之躯的孤舟，横渡波涛翻滚的人生海洋的。

面对幸运所需要的美德是节制，而面对逆境所需要的美德则是坚韧。从道德修养方面来看，和前者相比，后者更是难能可贵。在《圣经》的《旧约》里面，人们常常把顺境看做是神的福赐。而《新约》则把逆境看做是神的恩眷。因为上帝是公平的。上帝会给那些在逆境中的人，带来更加深邃的恩惠和更为直接的启示。但是如果你聆听到了《旧约》诗篇当中有关大卫的竖琴之声，那么你所听到的那个声音，并非仅仅是一曲颂歌，它还伴随

①赫拉克勒斯，古希腊神话当中的大力士。

②普罗米修斯，盗天火给人类者，因为触怒了宙斯而被缚于高加索山上。后来为赫拉克勒斯所解放。

着同样多的苦难哀音。而圣灵对约伯所受苦难的记载，远远比对所罗门财富的刻画更为动人。

可以说，一个人生活中的幸福，并不是没有忧虑和烦恼的。而一个人在现实里的逆境，也并不是没有光明与希望的。最美好的刺绣工艺品，常常是以暗淡的背景衬托着明丽的图案，而不是把暗淡的花朵镶嵌在明丽的背景之上的。让我们从这样一幅画面美景中去汲取营养和启示吧！人的美德犹如名贵的檀木，她只有在激烈的火焰当中才会散发出最为浓郁的芳香。恶劣的品质经常会毫无节制地显露无遗，而美好的品质常常在逆境中熠熠发光。

# 六　论伪装与掩饰

伪装，是弱者或者处于弱势时候的人所采取的表面智慧和策略。这种伪装有的时候更是一种对智谋的掩护。生活的强者，往往不太需要过分掩饰自己。因为强者通常健康有力；强者能够做到一就是一，二就是二；强者面对现实勇往直前。因此，在一个人的政治生活当中，伪装或者掩饰，大都是一种防御性的自我保护之术。有的时候强化的掩饰，还会显得装腔作势、矫揉造作。

塔西佗曾经说过："里维亚身上拥有她丈夫的机智和她儿子的城府。她的机智来自奥古斯都·恺撒，而其城府来自提比略身上的优点。"当莫西努斯[①]建议韦斯帕芗率领军队进攻维特里乌斯[②]的时候，塔西佗又进一步说道："我们现在所面对的敌人，既不具有奥古斯都那样明察秋毫的智慧，也不具有提比略那种含而不露的深沉。"从塔西佗所讲的这些话中，我们应当看得出来，他十分注意区分对手所具有的两种不同的心理素质。因此，塔西佗指出了其中的谋略与韬晦的差异。诚然，以上两种不同情况，着实需要认真辨别。

一个人只有拥有深刻和敏锐的洞察力，才能够适时地辨别与判断什么事情应当公开，什么事情应当守秘，什么事情应当处理

①莫西努斯（Mucianus），公元1世纪罗马著名将领。

②维特里乌斯（Vitllius），公元68年登位的罗马昏君，同年被韦斯帕芗打败。

得若即若离，忽明忽暗。只有把握并且深刻了解到这些事物的分寸和界限以后，做事才有可能无往不胜。塔西佗的这些话并非空谈，实际上，这也是塔西佗所谓的政治化的处事艺术。对于塔西佗来说，他个人也一定十分了解那种以退为进、休养生息的韬晦之术。如果一个人不具有这种明智的洞察能力，那么他就很有可能去掩饰自己的所作所为。如果伪饰得过于明显，反而会暴露他的软弱与无能。

生活中的强者往往光明磊落，表现出足智多谋的果敢作风。强者如同训练有素的奔马，善于识别道路，驾轻就熟行走，何时加速，何时转弯，何时缓冲，心中已定分寸。智者更为聪明的地方恰恰在于，他能够自如地运用个性，他懂得何时沉默，何时爆发，何时又因身不由己而韬光养晦。惯常的韬晦之术一般拥有上中下三策。上策就是必要地保持沉默，不动声色。这种沉默与缄静，使得别人无法探悉和洞察你心中的秘密。中策是只暴露事情当中的某一个方面，取得别人信任，而其真正目的是掩盖真相之中更加重要的那部分。至于下策，那应当就是伪装了。所谓伪装也就是故意设置某些假象，掩盖事实真相。

这上中下三策当中，第一点还是有益的。经验表明，一个善于保持沉默的人，常常能够获得一些人的信任与赞同。这种沉默也可称做牧师的一种美德。因为保守秘密是牧师的本分。守口如瓶的牧师肯定有机会倾听到更多由衷的忏悔。因为不会有什么人，乐意去对一个多嘴多舌的人自然地敞开心扉。正如真空能够吸收空气那样，沉默者能吸换来很多人深藏的秘密。美好的人性使人只愿意把内心的隐曲向一个能够保守秘密的人倾诉，以求减轻自己的心灵重担。因此可以说，善于沉默是获得他人心中隐秘的有益之途。

相对于沉默而言，赤裸裸的暴露也总是令人羞颜无助的。

无论是在肉体上还是在精神上，一个善于保持沉默的人，会显得更具有尊严和权力。所以可以说，善于沉默也是一种善德与修养。我们可以发现，那些饶舌之人，差不多都是一些内心空虚、操行可厌的人。表面上看，这些无所事事的人几乎无所不知，他们不但议论知道的事情，而且也妄言不知道的事情。还应当注意的是，那些沉默的人不仅仅会节制语言，而且也会控制表情。通常，他们处在最为微妙的内心活动之处，他们的表情显露莫过于其有致的嘴部线条。表情是人内心的显露。表情上的引人注意，有时候甚至能够超过语言的力量。

再说中策。生活中的掩饰和伪装，有的时候也很有必要。尤其在一个人对于某事知情，却不得不保持相应沉默的时候，更是如此。那恐怕就需要掩饰乃至作伪。因为对于一个知情者而言，关心这件事情的人肯定会为了各种目的而提出各种各样的问题来，想方设法诱使他开口泄密。即使他保持了一定的沉默，旁人也会从一些蛛丝马迹当中，窥探见事情的某些真实迹象。实际上，那些模棱两可含糊其辞的伪饰，是不可能长久的。它只是为了暂时隐藏真相而不得不披上的一件迷彩外衣。至于下策，伪装或者说谎，有可能获得一时的解脱。但是，恶行的后果终究会暴露无遗。取得他人信任是不能仅仅依靠伪装的。

生活经验告诉我们，一个骗子绝不是一个高明的人，而是一个充斥着邪恶的人。一个人起初也许只是为了掩饰事情的某一点而说一点谎，但后来他就不得不说更多的谎，以便掩盖与那一点相关联的一切。表面上，掩饰和伪装有三点好处：一是可以迷惑对手，麻痹或是警告敌人；二是可以给自己留下余地，瞅准时机退却与换防；三是可以利用施放的谎言作为一种诱饵，探悉对方的明确动向和意图，或是索性让对手暴露他们自己。对于上述情形，我想到了西班牙人的一句成语：“抛出一种假的意向，换回一种实情。”

但是我们也能看到，掩饰和伪装同时也具有三种害处：第一，说谎者永远是弱势的，因为他的那些掩饰和伪装，不可能长久地掩盖下去，他不得不随时提防着自己被揭发和暴露。他会永无宁日。第二，掩饰和伪装也会使真正的朋友有所不解，产生迷惑，严重者甚至失去朋友。第三，这也是最为根本的一点，那就是倘若这个掩饰和伪装的人一意孤行，终将会丧失作为一个人的人格，导致人们也去伪装，不再真诚对他。因此我想，那些企图掩饰和伪装的人这时候比较明智的做法，就是努力建立起真诚坦荡的个人真实形象。记得善于运用韬晦之术的同时，不到万不得已，一定不要运用所谓的伪装之术。

# 七　论父母和子女

父母们自然会有个人苦衷。有时候父母们不得不隐藏他们心中的快乐、烦恼与恐惧。他们的快乐不仅不能表达出来，而且对他们的烦恼与恐惧也不能多言。虽然子女使父母们的劳顿之苦变成甘甜，但是也使他们的不幸变得更为明显。子女虽然减轻了他们对于死亡的忧惧，但也增加了他们生活的负担。虽然动物也能传宗接代，但只有人类才拥有荣誉、功德和持续不断的伟大工作的能力。然而，为什么有些没有留下后代的人却留下了流芳百世的功业？因为他们虽然未能复制一种肉体，却全力以赴地复制了一种精神。因而那种身后无嗣的人反倒是最关心后事的人。

追求创业的父母对于子女的期望最大，因为子女被他们看成未来与希望。子女不但是一个家族的继承者，同时还是父辈所创事业的一部分。作为父母，特别是母亲，对自己的子女常常会存在有失常理的偏爱。所罗门曾经告诫人们：“智慧之子使父亲欢乐，愚昧之子使母亲蒙羞。”[①]在家庭当中，最大或者最小的孩子都可能得到优待，然而居中的孩子们却很容易被疏远。不过这些被疏远的孩子却往往是最有出息的。在子女小的时候，父母不应该对他们过于苛求与吝惜，否则会使他们变得自觉卑贱，甚至投机取巧，以至堕入下流，即使后来他们有了财富也不会正当利用。聪明的父母对于自己的子女不仅在管理上严格要求，而且还

①所罗门语，出自《圣经·旧约·箴言》第10章第1节。

要关怀他们。尤其在金钱花费方面对子女们不妨略为宽松一些，这样做常常是会有良好效果的。

作为成年人，父母不应当在兄弟姐妹一家人之间挑拨离间，引发争斗，以致积怨成仇，导致子女们成年后依然不和。意大利民间风俗对于子女和侄甥一视同仁，这种态度是可取的。因为这种百姓风俗很适合天然的血缘关系。生活中，不是有许多侄子更像他的叔伯，而不大像他们的父亲吗？在子女还比较小的时候，父母就应当考虑到他们将来的职业和发展方向，并且努力去加以培养。因为，这个时候的子女是最易塑造的材料。但是同时也要注意，并不是孩子小时候所喜欢的事，真的就是他们毕生所愿意从事的。如果一个孩子确实拥有某种超群天分，那么当然应该尽力鼓励培养他。但是，就一般情况而言，这样一句格言是很适用的："长期的有益训练，通过适应化难为易。"[①]还应当注意的是，子女当中那个得不到遗产继承权的幼子[②]，常常会通过个人奋斗发展良好。坐享其成者，罕能成大业。

---

①参见公元前6世纪古希腊哲人毕达哥拉斯语录。

②世界上其他一些民族也常有此说：家族中最小的孩子不具守业资格——家人希望他们自食其力。

# 八　论婚姻

一个已经成家的人，对于自己的命运，可以说没有太多随心所欲的机会了。一个人成了家，他的许多机会不好把握，天大的抱负也常常难以实现。所以世界上那些最能为公众献身的人，往往是无妻或无子的人。因为只有这种无所牵挂的人，才能够把他的全部爱情与财产，都奉献给唯一的情人：广大公众。而那些有家室的人，恐怕只是情愿把自己最美好的祝福留给自己的后代。

生活中有的人在结婚以后，依然愿意继续过他们的所谓独身生活。因为他们不大喜欢家庭，他们往往把妻子和儿女看做经济上的累赘。生活中还有一些富人甚至以身后无子为一种自豪。也许他们担心的问题是，自己一旦有了子女，这些孩子可能就会瓜分他的私人财产吧。世界上有一种人愿意过独身生活，那也许是为了保持个人自由的人。独身生活可以免受家庭的约束，也可以不去承担家庭的责任和义务。但是那些喜欢过这种所谓独身生活的人，甚至可能认为自己身上的腰带和鞋带，恐怕都是一种多余的束缚呢。

实际上，那些独身者也许可以成为我们生活中最好的朋友，最好的主人，最好的仆人。但是他们却很难成为最好的公民。因为他们可以随时随地毫无挂牵地迁徙和流浪，尽情逃之夭夭。所以几乎所有的流窜犯都是一些无家可归的人。真正的独身者也许可以献身宗教事业，做一个合格的僧侣。献身宗教的博爱者是最有理由保持独身的。否则，他们胸中的慈爱就会首先献给自己的家人，而不是去供奉上帝了。一份慈爱之心需要在浇灌家庭田园之后，才能更加从容悠然地灌溉广大土地。

作为法官或者仲裁者的人是不是独身，关系并不大。因为他们常常之所以缺少主见，贪赃枉法，原因就在于他们身边常有败坏的随从进奉谗言，而其蛊惑能力足以抵上枕旁的妻子。作为一名军人，他们拥有家室是一件好事。因为我发现，家庭的荣誉和自尊，可以激发他们身上的责任和斗志。军人之勇也是家庭的象征。关于这一点，我们也可以从身边土耳其人生活中的婚姻与家庭事例中得到旁证。土耳其的民间风俗中有些不大重视婚姻和家庭，结果士兵的斗志就差一些。

人对于家庭的责任心，不仅仅是对我们自己的一种限制和约束。责任心也是一种人生训练。我们可以看到，生活当中有一部分坚持独身的人，不但在花钱方面大手大脚、挥霍无度，而且他们的心肠往往也坚硬无比。因为他们平时缺少家庭之爱，所以几乎不大懂得怎样关爱别人。这种人表面上少有柔情，他们适合做职业打手或法官。生活中某一种良好的生活风俗，常常能够自然而然地教化出情感坚贞、道德严谨的男子汉。正如尤利西斯①，他具有的超级情感，能够强力抵制美丽女神的超级诱惑，从而保持自己对妻子的忠贞。

一个独身的女人常常是骄横与跋扈的。因为她极度需要宣示自己的守节。她们情愿表明自己的贞节似乎是与生俱来并甘愿保持的。然而一个女人如果为丈夫而感到自豪和荣耀的话，那么这

①尤利西斯（Ulysses），荷马史诗当中的大英雄，远征特洛伊的希腊军团首领之一。尤利西斯足智多谋，曾经被困于海岛之上，并为仙女喀立普索一心所爱，仙女允诺可使其长生不老。但是尤利西斯一心思念夫妻之情，拒绝了仙女回到了妻子身边。

才是她忠贞不渝的最好体现。但是，如果一个女人发现她的丈夫妒忌多疑，那么她将绝不会认为他是聪明的。在我们的人生里，妻子在各个时期所扮演的是不同角色。她是青年时代的情人，中年时代的伴侣，老年时代的守护人。我们的生活中，常常能够见到的情况是，许多并不怎么出色的男人身边，却有着一位美丽可人同时坚贞不二的优秀妻子。

难道这是因为，他们身上确实有着一瞬闪现的男人的真情实意吗？如果这是优点，那么他的这个优点，真的那么值得一个女人珍惜吗？在人的一生中，只要有合适的选择对象，一个人任何时候都有道理结婚。可是，对于一个人应当在何时结婚，有一位古代哲人曾经这样说道："年轻的时候并不怎么需要，年纪大的时候已经不大必要了。"[①]一桩美满的婚姻是难得相遇的。也许，因为拥有这种丈夫，可以考验一个妻子的忍耐精神吧。如果这种糟糕丈夫是出自一个女人的自愿选择，甚至是不顾亲朋好友的劝告而坚持的，那么就让她自己去品尝这一枚果实的滋味吧！

---

①这位古代哲人是指古希腊七大哲学家之一的泰勒斯（Thales，公元前624—前547年），相传他的母亲屡屡敦促他成婚，但是他却终生独身。"年轻的时候并不怎么需要，年纪大的时候已经不大必要了。"这句话出自普鲁塔克《论文集》（*Symposiac*）问答篇第6章。

# 九　论嫉妒

在人类各种各样的情欲当中，有两种最为惑人心智，那就是爱情和嫉妒。这两样情感，能够激发出强烈的欲望，创造出虚幻的意象，强大的能量足以蛊惑人心。如果真有巫蛊的话，那么这二者就是巫蛊。我们知道，在《圣经》当中，又把嫉妒叫做“凶眼”[①]，而在占星术里又把嫉妒称做灾星。也就是说，嫉妒有害无益，它能把凶险和灾难投射到它的眼光所注目的地方。不过除此之外，更有好事之人这样描述嫉妒：嫉妒的毒眼伤人最狠之时，也正是被嫉妒之人最为春风得意之时。一方面，是由于这种情况促使嫉妒之心更加锐利。另一方面，在这种情况下，被嫉妒者最容易受到打击。

这里，还是让我们来分析一下，哪些人容易心怀嫉妒？哪些人容易招来嫉妒？哪一种人的嫉妒属于公妒？而公众方面的嫉妒与私人方面的嫉妒又有什么不同？

人若品德不佳，也就必然会从心底嫉妒那些有道德的人。因为人的心灵如果不能从自身优点中获得养料，那就肯定要去寻找别人的缺点作为养料。而嫉妒者自身通常没有什么优点，但又对别人的优点心怀忌恨，因此嫉妒者也就只能靠败坏别人的幸福来解慰自己的嫉妒心。当一个人自身缺乏某种美德的时候，他就一定要贬损别人具有的这种美德，以求宽慰自己，实现平衡。身为嫉妒者他必定

①凶眼，参见《圣经·新约·马太福音》第7章第22节。

是一个爱好打听闲话的人。嫉妒者之所以特别关心别人的优缺点，并不是因为别人的长处短处与嫉妒者的切身利益有关，而是嫉妒者只是通过发现别人的短处而打发自己的不愉快。嫉妒者拿他人的弱点衡量自己的长处，从而得到一种心理满足。这种愉悦其实是一种变态快感。正常人往往埋头专注于自己的事业，一般是没有闲情逸致嫉妒别人的。嫉妒是一种四处游荡的无聊欲望。容易嫉妒别人的人多属好动者。这种嫉妒别人的人是一种闲得难受的人。所以古语对此有论："多管别人闲事的人肯定没安什么好心。"

世袭贵族们对于社会上的每一个后起之秀，反应往往是嗤之以鼻。诞生于平民中间的杰出人才总要遭到世人嫉妒。这已然成为一种规律。后起之秀尤其要受到那些所谓贵族元老们的充分嫉妒。因为新人与老人之间的距离改变了，新人的上升足以造成一种错觉，这会让停滞不前的老人觉得自己正在退步。我们的生活中有一些有着生理和心理缺陷的人，比如残疾人、阉人、老年人、私生子等，他们好像都是容易嫉妒别人的人。由于他们对自己身上的缺陷无法弥补，所以他们内心极度需要损坏别人的正常，从而求得部分补偿。

只有落在一个拥有伟大品格的人身上时，缺陷才有可能不会变成嫉妒，甚至他很可能会让缺陷化为光荣。伟人拥有负担残疾带来的自卑的能力，具有成大事的品质。有一些生理和心理缺陷的人，为了向世人展耀他们的创伤，他们更想让人们为之惊叹："看人家这个残疾人，看人家这个瘸子，多有作为啊。看，人家就像历史上的宦官纳尔西斯[①]，更像阿格西劳斯[②]和帖木儿[③]，不

①纳尔西斯（Narses，公元480—574年），罗马帝国的宦官将领。

②阿格西劳斯（Agesilaus，公元前444—前360年），斯巴达跛脚国王。

③帖木儿（Timur，公元1336—1405年），帖木儿帝国开国君主。

是吗？”是的，那些经历过巨大灾祸和人生磨难的人，容易产生更大的嫉妒。因为这种人乐于把别人的失败，看做是对自己过去所经历痛苦的抵偿。

如果一个虚荣心很强的人看到别人在某件事上是强胜于他的话，那么这个人就会心理不平衡，更会为此产生嫉妒心。这种所谓的嫉妒心，也正是哈德良皇帝①的毕生特点。哈德良皇帝喜爱艺术，所以他也就更加嫉妒比自己优秀的诗人、画家和艺术家。因为杰出的艺术家们不会意识到，自己居然在某些方面胆敢超过皇帝。

这里我还想说的是，同事之间如果有人获得提升，那么这也会容易引起许多嫉妒。因为，如果别人由于某一种优点或优势获得充分表现，而得到提升的话，也就等于反衬出他人在这些方面的不足和无能，进而严重刺伤了那些没有被提拔的人们。与此同时，人们彼此越是相互了解，这种嫉妒心也就越强烈。一个人，可以允许一个陌生的人通达发迹。但很有意思的是，他却不能原谅一个身边的熟人飞黄腾达。历史上，该隐对于自己兄弟的嫉妒是可怕的。该隐只是由于嫉妒，就亲手杀死了他的手足兄弟亚伯②。这种行凶动机是非常狠毒的，也是格外凶残的。

下面，我们再来讨论一下，哪些人能够避免嫉妒，哪些人又会常遭嫉妒呢？我们在生活中已经懂得，嫉妒总是产生于自我和别人的比较中。也就是说，如果没有比较也就可能没有嫉妒。所以高居在上的皇帝通常是不被人嫉妒的，除非嫉妒的对方也是个皇帝。照常理说，一个有着高尚品德的人，是不该被人嫉妒的。

---

①哈德良（Hadrianus，公元前76年—前138年），公元117年担任古罗马的皇帝。在位期间曾经编撰法典，奖掖文艺。

②该隐与亚伯的故事，参见《圣经·旧约·创世记》第4章。亚当夏娃有两子，长子该隐与次子亚伯。该隐种地，亚伯牧羊。亚伯把个人产品奉献给上帝时，上帝悦纳弟弟，该隐嫉妒亚伯，就谋杀了弟弟。

他的美德越多，别人对他的嫉妒也会越少。因为他们的幸福来自他们的劳苦功高，因而他们的荣誉也是应得的。所以一般情况下，一名出身微贱的下层人一旦出人头地，他必然先会遭人嫉妒乃至打击，要一直到人们习惯了这个下等人的新地位为止。

一个富家公子的升迁也会招人嫉妒。因为他的升迁并没有付出相同的血汗，却能够高高在上，坐享其成。反过来看，一个有世袭贵族称号的人却不大容易被人嫉妒。因为他优越的家族世谱早已经为世人所公认。同样，一个循序渐进不断高升的人，通常也不会招来多少嫉妒，因为这种人的提升已被看做是自然而然的了。那种在饱经艰难困苦之后才获得幸福的人，也是不太招人嫉妒的。因为人们活生生地看到，他的这种幸福是如此来之不易，以至对他产生了一定的同情。而这种同情心，在大众良民间是医治嫉妒的一味良药。所以你看，那些老谋深算的政治家们，当他们处于高位之际，总是向着世人念叨诉苦，反复吟唱着自己的日子，说什么简直是在“活受罪”之类的腔调。其实他们的内心深处未必真的正在忍受其苦。其实这种诉苦，是钝化世人嫉妒锋芒的一种高明策略。要知道，恻隐之心，人皆有之。

此外，对于一个大人物来说，如果他能利用自己的优越地位，保护下属们的利益，那么这也等于筑起了一座防止嫉妒的有效工事。应当注意的是，那种骄傲自大的人是最易招来嫉妒的。这种人总想在一切方面显示自己的优越：或者大肆铺张地炫耀，或者力图压倒一切竞争者。其实，真正的聪明人倒是会缓解人类的嫉妒之心，有意让别人在无关紧要的事情上占自己的上风。然而另一方面也要看到，对于享有某种优越地位的人来说，与其狡诈地掩饰，莫如坦率诚恳地放开，千万不要表现出骄矜与浮夸，因为这样招来的嫉妒可能会小一些。因为对于前一种人，似乎更显示出他是没有价值因而不配享受那种幸福的，他们的作假简直就是在教唆别人来嫉妒自己。

最后，还是让我们归纳一下上面已经说过的话吧。我们在开头就已经说过了，嫉妒总是有一点接近于巫术，嫉妒是蛊惑人心的。那么要防止这种嫉妒，也就不妨采用一点巫术，以毒攻毒不也很有效么？做法就是，把那些容易招来嫉妒的妖气转嫁到别人的身上。也许，正是由于领悟到了这一点，许多明智的大人物把抛头露面出风头的事情，都推给别人，使之出来做自己的替身，让他人尽去登台表演。而他自己，则宁肯深深躲在幕后，不动声色。这样一来呢，民众的那些嫉妒或者公妒情绪，就落在了别人身上。事实上，愿意扮演这种替人出风头角色的天生傻瓜，自然也不在少数。

我们再来谈谈什么是公妒。公妒又叫公愤。公众的嫉妒比起私人化的嫉妒来说，多少还是有一点价值的。公妒对于上层人物，正如古典希腊时代惩罚流放违法官吏一样，是强迫他们收敛与节制的一种办法。这个所谓公妒，又叫做“陶片放逐制度”[①]，这种制度其实也是一种公愤，是民众对于一个国家的作恶官员进行的某种大众制约，使得一些腐败官员不能过分胡作非为。人民一旦对于他们的执政者产生了这样一种公愤，那么就连最好的官方政策也会受到置疑，甚至遭到抵制。所以，统治者最好不要引起不必要的公愤，丧失了民心，就等于得不到群众的拥护。

古希腊时期官方有时候会把这一种公愤称为“不满”。拉丁语里面又叫做invidia。这种所谓的“不满”，往往是一种具有严重危险性的社会疾病，就像传染病一样危险。传染病的结果经常是，你越害怕它，它越是要找上门来侵犯你的肢体。

---

①陶片放逐制度，又名贝壳放逐法，是古希腊的一种政治手段。实际上是现代意义上的一种公民投票法。

我们这里所说的公妒或公愤，有的时候只是针对某一位执政者个人，而不是针对一种政治体制。但是请记住这样一条定律：如果民众的公愤已扩展到几乎所有当朝大臣们的身上时，那么这种公愤也就是针对整个国家的体制了。最后我们再作一点总结吧。在人类的一切情欲当中，嫉妒之情恐怕要算是最顽强、最持久的了。所以古人曾经这么说过："嫉妒不懂休息。"同时也有人观察过，与其他感情相比，只有爱情和嫉妒是能够让人瘦弱下去的。因为生活里，没有什么能够比爱情与嫉妒更加具有持久的消耗力。但是嫉妒毕竟是一种比较低俗和卑劣的情欲，它是一种向恶的素质。《圣经》已经告诉了我们，魔鬼所以要趁着黑夜到麦地里去种上稗子[①]，就是因为他嫉妒别人的丰收。就像毁掉田间的麦子一样，嫉妒这个恶魔总是潜藏在暗地里，悄悄毁掉人间的美好东西。

①参见《圣经·新约·马太福音》第13章第25节。

# 十　论爱情

爱情在艺术舞台上，常常要比她在人生舞台上更加具有欣赏价值和艺术价值。因为在艺术舞台上，爱情是喜剧艺术的，同时也经常是悲剧艺术的素材。而在现实当中，爱情常常是不幸的。她有时候像那位诱惑人心的魔女[①]，有的时候又像是一位复仇的女神[②]。我们可以看到，古往今来，一切真正伟大的历史人物，只要是那些永远铭刻在人类记忆当中的伟人，几乎没有一个是因为所谓爱情而去发狂发疯的人。这仿佛说明了，伟大的精神和伟大的事业是可以摒除过度激情的。然而，罗马时期的安东尼和克劳狄亚[③]属于两个例外的人物。安东尼生性好色，荒淫无度。克劳狄亚严谨公正，明哲自好。这说明，假如我们对于爱情守御不严的话，爱情不仅常常会占领缺少德性的胸口，还会闯入壁垒不严的心灵。

伊壁鸠鲁[④]曾说过一句很直白的话："我们互相看起来，就是一座够大的舞台了。"伊壁鸠鲁的这句话仿佛在说：一个天生的有用之才本该秉承天意，追求高尚目标。可是这个人，却一事无成地拜倒在一个小小的偶像面前，让对方成为自己感官的奴

---

①古希腊神话：传说地中海有魔女（Sirens），歌喉动听，诱使过往船只陷入险境。

②复仇女神（Furies），是传说中的地狱惩恶之女神。

③安东尼，恺撒部将。后因迷恋埃及女王克里奥帕特拉而战败被杀。克劳狄亚，古罗马执政官，亦因好色而被杀。

④伊壁鸠鲁（Epicurus，公元前342—前270年），古希腊哲学家。

隶。这虽然算不上犹如禽兽欲望般的奴隶，也至少跟娱目色相的奴隶毫无二致吧。然而，我们要懂得，上帝赐人以眼目，本来是具有更加高尚的用途的。

一份过度的所谓爱情，必然会夸张对象的性质和价值。例如，只有在爱情中，才总是需要那种浮夸谄媚的辞令。而在其他场合，同样的辞令只能招人耻笑。古人有一句名言："人总是把最大的奉承留给自己。"只有对情人的奉承是例外的。因为甚至最骄傲的人，也甘愿在情人面前自轻自贱。所以古人说得很好："人在爱情当中会很糊涂。"

有时候确实是这种情况。这是身处恋情的情人的一种天生弱点。他们的这种情况不仅在外人眼中很明显，就是在对方眼中，也会比较明显。这恐怕便是古人所谓的"情人眼里出西施"吧。生活中的情是现实的，除非她或他也爱着他或她。所以说，爱情是有代价的。即在常常不能得到对方回报的时候，就会埋下一种深藏心底的轻蔑。这是一条铁定不变的规律。情人之间应当十分警惕自己这一感情中的不健康因素的存在。因为这种不良情感，不但会让人丧失更多爱情以外的东西，而且更可以让人丧失自身。

古希腊诗人荷马[①]告诉我们，那位追求海伦的帕里斯王子，最后拒绝了天后朱诺和智慧女神密涅瓦的天大礼物。[②]这一则神话生动地告诉我们：一个溺身于情海的人，有的时候也会甘愿放弃眼前的财富和智慧，另寻美人。当人心最软弱的时候，也是

---

①荷马（Homer），相传生活于公元前9世纪，古希腊盲诗人。他提炼古希腊民间创作，留下两部伟大诗史《伊利亚特》和《奥德赛》。历史学家把上述史诗的年代称为"荷马时代"。

②古罗马神话：传说天后朱诺、智慧之神密涅瓦和美神维纳斯，为了争夺金苹果，特请特洛伊王子评判。于是诸神各许一愿：密涅瓦许以智慧，维纳斯许以美女海伦，天后许以财富。结果王子把金苹果给了维纳斯。

所谓的爱情最容易入侵肌体的一刻。这个时候，也就是此人最为柔弱、窘迫、孤独、一筹莫展之际。人往往就是在这样的时候，最急于跳入爱情的火焰。

由此可见，爱情实在也是愚昧之子。但是同时，也有一些人即使心中有了所谓的爱，仍然能够尽力约束它，让它并不妨碍更大的事业。因为爱情一旦干扰了人生事业，可能就会阻碍人奔向自己从前的既定目标。我不知道，到底是什么缘故使得许多军人更加容易坠入那副柔软情网中？也许正像他们的嗜饮一样，野性的征战生活需要欢乐带来一定补偿？人性之中可能潜伏着一种宽大的爱，假如人生的爱不善专一，假如人生的爱不能从一而终，恐怕这种所谓的爱，就会施之于更加广泛的大众当中，成为仁善与博爱，像有的僧侣修士那样。夫妻的爱，能使人类繁衍。朋友的爱，可致人际关系完善。但是那些荒淫纵欲的爱，只会让人堕落。

# 十一　论权位

身居高位的人，是三重意义上的臣仆：第一，是君主或者国家的臣仆；第二，是名誉地位的臣仆；第三，是事业的臣仆。所以一般来讲，他们是没有人身自由的人。既没有个人的自由，也没有行动的自由，更没有时间的自由。为了寻求权力而抛弃人的自由，或者寻求凌驾于他人之上的权力而失去了自治的权力，这是一种怪异的欲望，一种不可思议的欲望。

一个人要升到高位，其路途之艰难，常人是无法想象的。但是依然有人要吃尽苦头，谋求高位。然而他们得到的权位，也未必不是更大的痛苦。人要升到高位之上，其行迹路径有的时候，甚至是卑污肮脏的。然而有的人，正是借助这种卑污与可耻的手段，达到了受人尊敬的地位。在高位之上的居留，其实并不是很稳定，一旦下降或是下台，常常弄得身败名裂。这实在又是一件可悲的事。正如古语所讲："早知今日，何必当初？"诚然，人往往在希望退的时候不能退，在应该退的时候又常常不肯退。

有人是迷恋权势的。这些人往往耐不住退休生活。甚至在风烛残年之日，仍觉寂寞难耐。正如有些老年人，在闹市当街一坐，追忆往昔的个人尊荣。

比较有意思的是，那些身居高位的人，经常想要借助他人的眼光来发现自己的幸福。因为若是他们依着自己的感受判断，他们大约不会发现自己是幸福的人。但是假如他们自己想一想，别人对于他们的估价又会怎么样呢？一旦想到别人对于他们身居高位产生联想，他们好像就知足了，因为他们获得了某些外界谈论而引发的快乐了。可是同时，在他们内心深处，也许正好相反。因为这些人经常会感觉到自己的忧虑。尽管他们到最后才完全发现自己是有过失的人。

显然，身居高位的人对于自我的认知基本上是陌生的。他们在琐碎匆忙的政治事务当中，没有什么时间来关注和照管自己身体或者精神上的健康。塞内加说得很好："如果一个人在临死的时候，已是名满天下，但是只有他不了解自己。这样的死亡，可真的是一桩大祸了。"[①]一人在高位上，有为善与为恶的自由。为恶是一种可诅咒的自由。因为谈到作恶，最好是不愿意，其次是不能够。但是在这个世上，个人拥有做好事的权利，而且这也是人们所希望的好事。但是要真正能够做到这点的话，还是需要一点权力的。

因为一个人做好事，那是一种向善之举。虽然做了好事就会被上帝接受，可是对于许多世人而言，要是想做却做不成好事的话，那不过如同一场好梦而已。确实如此，要行好事就非有权力地位、居高临下之势不可。功与德，是人类行动的主要目的。感觉到自己已经有了这两样动机，才是令人自足的起码成就。如果一个人能够面对上帝不觉心愧的话，那么他也就可以与上帝一同安息了。正如《圣经》所说："直至上帝转身，看着他亲手创造的一切还挺好，于是上帝的造物工作已完毕。"[②]接下来，便是安息日[③]了。

一名当权者上任之后，在完成他工作的时候，面前最好要有

①出自塞内加所著悲剧《提埃斯忒斯》第2幕。

②参见《圣经·旧约·创世记》第1章第31节。

③参见《圣经·旧约·创世记》第2章第1节。上帝赐福第七日，这一天是圣日。

一个上等楷模。因为模仿就等于成套的行为准则，可以把你自己的模范放在面前，并且随时随地严格自检。看一看你是否比从前做得好呢？还是正在退步？不要忽视从前那些同样在这个位置上做官的人。看到前车之鉴，为的是避免重蹈覆辙。这样做，并不是非要用诋毁前人名声的方法，显摆你自己的优势或者成就，而是要不断地告诫和警醒自己：有则改之，无则加勉。

因此，一个当权者不应当毁污前面一代或者前人，而应带着避免重蹈旧辙的目的行事。与此同时，也要给自己明立规矩，不但要仿效前人，并且还要树立良好的先例。你须把事物追究到它最早的起源，并且考察它们因何并且是如何退化的，但是仍要向古今两个时代求教。问古时何者是最良好的；问现时什么是最适当的。你须努力使你的行为方式符合规律，前后一致。这样他人才可以知道他们可以预期什么；但是也不要过于确定；并且在你违背常规的时候要把自己如此行事的缘由解释得清清楚楚。

保持在你自己的地位上应享的权利，不要引起法律上关于该点的争论。宁可平静地享有这种权利，而不要用某种索取和强争的手段，公然争闹。同样也应尽可能保证下属的利益，并且要以拥有权利为荣，不要以参与一切为荣。在执行权力的职务上，欢迎并且听取有益的忠告。切记，不要把带消息给你的人看做好管闲事之徒而驱逐他们，相反要善待他们。

高位一般有四种恶：拖拉，贪污，粗暴，抹不开情面。

首先是关于官僚的拖拉，这一官场作风世人皆知。为官之人应遵守约定的时间，当前之事应立即做完，并勿以不必要之事掺杂其间。其次是贪污，不仅要约束自己的手，更要制约你的臣仆的手。千万不要接受任何一种贿赂，并且也要制约所有你的人，不要行献贿赂。因为一个人奉行的节操是约束自己和仆役的，而宣扬出去的节操，再加上公开的对贿赂的厌恨，则是约束他人的。因为应避者，不但是纳贿之事实，而且也包括纳贿之嫌疑。一个人要是被人认为反复无常，或者毫无缘故地公开变更决定，那他就要招来贪污的嫌疑。因此无论何时，当你变更主意或者行事方略时，务必把这件事情向大众坦诚公开，并且要把这件事情和使你需要变更的理由宣之于众，千万不要偷偷摸摸地去做。假如你的一个臣仆或者宠幸的人跟你的关系比较密切，而他又与你有私交，这样一来，他人就会认为他是你暗行贪污的秘密渠道。

至于粗暴，那是一种不必要的招怨之道。谁都知道，严厉生畏，粗暴生恨。即使在处理公共事务时，某些常规指责也应当注意场合，庄重而不失理性。尽可能不要侮辱和嘲弄手下。抹不开面子这一点，是比受贿还要严重的一个恶习。因为贿赂的事，不过是偶尔发生。但是由于你的脸皮太薄，乃至对于谁都抹不开面子，而且任何一个或真或假的顾念都可以随时打动你的心，那么你这个人就永不会有什么长进了。你被面子套牢了。正如所罗门所言："看重情面是不好的，因为这样的人是会为了一块面包而去贪赃枉法的。"①

有一句古语说得极是："地位显出为人。"也就是说，一个人的地位显示出了有些人的长处，也显出有些人的短处。塔西陀在谈论迦尔巴的时候讲道："假如他从来没有做过皇帝，公众舆论也会说他是有资格做皇帝的。"而塔西陀在谈论韦斯巴芗的时候又说道："在所有皇帝中，韦斯巴芗是唯一因为有了权力而使人格高大的人物。"这里，前面一句话是关于迦尔巴统治能力的不足，而后面一句话，则是关于韦斯巴芗登基以后修养的进步。一个人因为有了权力地位而人格增进，这是他人格高尚而且心胸宽广的确证。因为权位就是，或者应当是，一个人的德性与才能的所在。并且，如自然界所有物体一样，事物步入正轨之前，其

①所罗门语，参见《圣经·旧约·箴言》第28章第21节。

运动是最为剧烈的。而它们一旦步入正轨中的时候，其运动便有所和缓了。所以那些朝着权力奋斗的德性应当是激烈与沸腾的，而当政者已然居权的时候，则就安稳与平和了。

所有向上跻至高位的行动都好像攀登一条迂曲的楼梯。如若遇见派系之争，一个人最好是在上升的时候加入某一派别，而且一旦爬上去了，最好不偏不倚，处在已经腾达之后的保守中立地位。对待前人的身后声名应当公平而又爱戴，因为如果你不这样做，那么结果就不啻是一种债务——将来到你离职的时候，后来者一定会要你偿还的。如果你有同僚，记住要尊重他们，并且宁可在他们的意外之际约见他们，而不要在他们有事相求时却拒见。在你谈话和私下答复请求的时候，不要总是自觉不自觉想到你的权力地位。相反，最好给人家这么一种印象："看，他这个人在工作中是尽职尽责的，而他在生活中又是一个和蔼可亲的人。"

# 十二　论勇敢

有人问古希腊的演说家德摩西尼斯[1]：一位演说家最主要的才能是什么？德摩西尼斯回答说：表情。又问，其次呢？表情。然后接着问，再其次呢？还是表情。这段古史实录，虽然是小学读本当中一段烂熟的上古故事，却值得我们深入思索一番。

实际上，说这一番话的人，是最懂得他所说的这类事情的人。同时，他又是一个在他自己所再三称扬的事情上，并不具有天生优势的前人。所谓表情，在一位演说家身上，极有可能不过是他的表面现象而已。并且这种表情，是属于演员的一种天然长处。可是在德摩西尼斯看来，这一特长居然会被抬得如此之高，几乎超出了演说家同时应当具备的其他特殊技能。比如思路新颖、口齿清晰、表达流畅等。不过这里的演说家德摩西尼斯，反复强调所谓“表情”，简直好像这一表面才能就是唯一的选择，甚至是演说家一切中的一切。这真的是一件怪事。

若是究其理由的话，应当是显而易见的。人性之中，愚蠢的部分往往比智慧的部分多一些。因此那些做作的表情最能够打动愚者之心。跟上述演说家所要具备的主要才能的道理相同，政治事务当中的首要的必备才能是什么呢？回答则是勇敢。第二种才能是什么呢？依然是勇敢。那么第三种才能又是什么呢？仍旧是

①德摩西尼斯（Demosthenes，公元前384—前322年），古希腊雄辩家。

勇敢。再问下去，还是勇敢。

可是这个勇敢，只不过是无知与卑贱的产儿，比别的关于世务的知识浅薄得多了。但是它确实能够迷惑并控制那些见识浮浅或胆量不足的人，而事实上，这种人数量是很多的。更有甚者，勇敢者也有可能把智敏之人挟裹在他们的意志之下。因此我们常见的所谓勇敢，在民治国家中曾有奇效，而在有统治阶级或君主的国家中则不是如此富有效力。当然，勇敢总是在人们初次活动的时候功效较大。在这以后就不那么大了。因为勇敢并不善于有始有终。对于人的肉体医治，有江湖医生。而对于政治团体，也是有江湖医生的——就是那些创立奇功的勇敢者。可能的是，在两三次试验阶段会出现一些好运气的胆大者。但问题是，他们缺乏真知灼见。所以那种低能的大胆和侥幸，是不可能长久的。

在生活中间，你可以看到许多大胆的人，他们屡次实行穆罕默德的所谓“大山”的奇迹。穆罕默德曾经教民众相信他。他曾当众宣讲说，他要把某一座山叫到他面前。然后站在那一座山顶上，为那些信奉他的教律的人做祈祷。穆罕默德把民众聚集在一起，一次又一次呼叫，让那一座山来到他的面前。可是那座山屹然不动。此时，穆罕默德竟然一点也不沮丧，反而说道：“要是那座山不肯来到穆罕默德面前，那么穆罕默德就要到山那边去了……”同样，现实当中，那些走江湖的人士，当他们所做的预言失败的时候，假如他们身上依然还存有一点点勇气的话，他们就会把这失败一笔划过，并且从容转移话题，进而逃之夭夭了。在有远大见识的人看起来，这种所谓的勇者实在是一种可笑的人。

不但如此，在我们平常人眼中，有些所谓的大胆，常常是可笑的，不自量力的。假如荒唐的事引人发笑的话，那么你可以确信，一桩盛大的豪勇多半带有一点荒唐。尤为可笑的是，在一个勇夫被人揭穿而失败的时候，他的面容会变得十分萎缩呆板。这是因为人在事物的退让和迁就之中，总有进退维谷的时刻。这种情况就好比下棋，一盘棋下到了僵局，虽然不能算输，可是根本无法继续下去了。但是，这种情况或许比较适于讽世小品，而不大适于严肃的文论。还有一点也是最值得考虑的，那就是：大胆永远是盲目的。因为它目光短浅，看不见危险和困境。基于此点，对于那些大胆的人，应当知人善任。并且一定不可以让这种人统帅一切，而应当让他们充当副手，听从他人指挥。因为，在议论之中，最好能观察出危险，而在实际行动之中，最好不要看出艰险，除非那些危险是毁灭性的。

# 十三　论善良

我对于善的意义的理解，是指有关我们人类的心性之事。这就是古希腊人所谓的“爱人”（Philanthropia），这一个“爱”字的字义，用“人道”（humanity）一词来表现略为薄弱。对于爱人的习惯，我想称之为行善。关于善的天然倾向，我也可以称她为性善。无论如何，它在一切德性以及精神化的品格当中，都是最伟大的，因为她拥有上帝身上的品德特征。如果人的生活当中没有这样一种可贵的德性，那么人就成了一种忙忙碌碌的，甚至有害的卑贱不堪的东西了。这样一来，人比起寄生虫也好不了多少，可憎又可怜。

我所说的善，她与神学意义上的品德[①]“爱”正相符合，多多益善而且不会过度。过度的追求权力的欲望，只能迫使天神堕落。过度追求知识的欲望，只会使人类堕落[②]。但是关于爱，在追求的过程中，却没有什么过度不过度的情况发生。而且，无论是神还是人，它们都不会因对爱的过分追求，而受到什么人性的危害。

人类向善的倾向是与生俱来的，善在人性中的印迹是很深刻的。究竟深刻到什么程度呢？如果这一种善的倾向不引向人类，恐怕也要引向其他生物。这就好比土耳其人，他们是一个野蛮的

①即信仰、希望、博爱。

②参见《圣经·旧约·创世记》第3章。

民族，然而他们对待动物却显得宽和仁慈，有的时候还施舍猫狗和鸟类一些食物。根据布斯拜斯[①]的记述，君士坦丁堡有一个信奉基督教的小男孩，因为好玩而撑住了一只长喙鸟的大嘴，竟然差一点被周围的人用石头打死。以土耳其人喜爱动物的程度，有的时候也会犯下诸如此类的错误。

在这种向善或者仁爱的德性当中，人的错误有时是不能避免的。意大利人有一句粗俗的成语：“人要是太好了，好得简直就变成废物了。”意大利有位知名学者名叫尼克罗·马基雅维利[②]居然这样公开坦率地写道：“基督教把善良的人做成鱼肉，贡献给那些蛮横无义的人。”他之所以这样说，是因为当时从来没有一种法律、教派或者学说引导人性，犹如基督教那样十分尊重善和仁爱。因此为了避免诽谤以及危险，人们最好研究一下上述诸如此类的优良习惯，同时指出其错误所在。

在生活中，我们需要努力向善利人。但是千万不要为了别人的面子勉强去做他人妄想之中的奴隶。因为如果那样，就会变得软弱可欺了，而这样的人容易上当受骗。请记住，也不要把宝石送给《伊索寓言》中的那只大公鸡[③]，因为这只鸡只需要得到田地里的一颗麦粒，就不知有多快乐呢！上帝给予了我们人类非常真切与实在的启示：“他降雨给仁义的人，也给不义的人。他叫日头照明好人，也照明坏人。”[④]然而上帝从不随便降财富给人，也从来不叫荣誉和德性在所有人的头上平等普照。平常的人间福利应该是大众共有的。但是那些特殊的福利与恩惠，又是应

①布斯拜斯（Busbechius，公元1522—1592年），北欧的外交家，曾任罗马驻君士坦丁堡特使。

②尼克罗·马基雅维利（Nicolo Machiavelli，公元1469—1527年），意大利政治哲学家，代表作《君主论》。

③参见《伊索寓言》，意为施舍应该适当。

④参见《圣经·新约·马太福音》第5章第45节。

当有所选择的。

我们要特别小心的是，不可以在临摹图画的时候，把原样给毁掉了。因为神教导我们：应当像别人爱我们那样去爱别人。我们爱我们身边的人，其实就是这种爱对于自我原型的一个仿作。《马可福音》里面有一个故事这样讲道："去变卖你所有的财产，分给穷人，并且请来跟从我吧……"[①]这也就是说，除非你确定要跟从神，否则不要把你所有的都给变卖了。更深入地说，除非你有天生使命，可以用很少的资产，保证办出许多善事来。如若不然，你就是等于用了小小的支流，试图灌溉广大的田地，徒劳无益。

人世间不仅存在一种受正道指引的为善习性，并且在有些人身上，在他们的天性当中，还有一种向善的心理，如同人性中也存有一种天生的恶性。也有一些人的大性是不关心他人利益的。

要知道，恶性之中比较轻的那种，只是某些暴躁不逊、任性固执、争斗顽劣之类。其实这并不算什么大恶。而那些比较深的大恶，则是一种趋向嫉妒或者纯粹的祸害。这样的恶人，可以说是依靠别人受难而自己受享荣华。这几乎算是落井下石了。他们甚至还不如《圣经》里面所说的那些以舔拉撒路身上的疮为生的狗[②]，而更像那些总叮在溃烂尸体上面嗡嗡叫的苍蝇。这一些所谓的"厌世者"（misanthropi）惯于诱人上吊。可是在他们家的园子中连一棵能够系绳子的树都没有。存有这样心性的人有着大恶，而他们恰好是塑造政客的材料。他们如同弯曲的木头，只适宜造船，因为船天生是要颠簸的。但是这种曲木却不大适于建造房屋，房屋栋梁要的是结实牢靠。

善之天性，拥有很多的特质。如果行善的人，对于异乡之

---

①参见《圣经·新约·马可福音》第10章第21节。

②参见《圣经·新约·路加福音》第16章第19节。

人温和而且有礼，那么足见他算得上是一个世界的公民。而且他的善心，已不像一个跟其他陆地隔绝的岛屿，而是像与那些陆地接连的海洋那样包容博大。若是他对于别人的灾难表示同情，那就至少表明，他心中有善。他就是那种把自己当做受割的珍贵树木，宁可让自己身受创伤，也要流出那些药液，治愈他人的伤口。若是他能够对于别人的恶行表示宽容不究，那么足见他的心中拥有超越伤害的神圣之地。因而可能他也不会被微小的伤害所打败。如果他对于小恩小惠心存感激，那么可以表明他重视人心而不重视金钱。最重要的还有，假如他有圣保罗式的美德[①]，那就是，假如宁肯为了兄弟得救而受到基督的诅咒，甚至不怕被驱出天国，那就显出了他人性中的超凡天性。这一刻，他几乎与基督拥有同样品格了。

①参见《圣经·新约·罗马书》第9章第3节。

# 十四　论贵族

说到贵族，我们就会考虑到作为贵族的两个方面。首先会把它看做国家的一个阶层，然后会把它当成个人的一种地位。

在一个完全没有贵族的君主制度之下，这个国家就只能成为一个纯粹而又极端的专制帝国，比如东方的土耳其。因为贵族的存在可以调和或者牵制帝王权力。贵族一旦控制了一部分人民，就相对削弱了帝王的权势，至少可以把人们的全部视线从皇室表面吸引开去。但是，一个真正具有民主的国家，是不需要贵族这一阶层的。并且，民主的国度与一个贵族化的国家相比，通常应当是比较和平与稳定的，而且不易发生谋反与叛乱。因为在民主的国家当中，人民的眼光往往落在事业上面，而不是落在个人血统上面。或许有一部分的眼光也是落在个人身上的，但那也是为了一项大事业的缘故。比如我们看到，瑞士这个国家虽然等级森严，宗教派别林立，而且行政区划也大不一致，但是它却能够持久屹立。这就是因为维系它们的东西，是超强的个人势力，而不是对于在位者个人的所谓崇仰。

另外，荷兰合众国也具优势。它的共和体制行之有效，比较优越的和平主义、公民平等权利，在这个国度的各个地方运作良好。所以，荷兰人民都比较奉公守法，对于纳税交款政策也较为乐意接受。貌似强大有力的贵族阶层虽然在表面上增加了君王的威严，可是它们实际上却减弱了君王个人的权力。社会上的一般平民感受最多的是来自贵族的压力，而不是君王的威严。但是贵族也不能不为了民众的呼声，刻意给他们注入生气。但同时，贵族也扼制和榨取了人民应当拥有的福利。[①]

适当的做法应该是：贵族的权力，最好不要凌驾于君权或者国家大法之上。与此同时，还要保持在一种相应的高位上。这样一来，即使有民众想要犯上闹事，那种桀骜不驯的反抗气息，还没有过早到达君主之前，首先便与贵族相遇了。这种状况，犹如以水击石，分散了冲撞势力。在一个国家，如果贵族人数众多，则会导致国力贫困而艰难。因为贵族阶层确是一种过度消费的人群。因而在现实当中，贵族之中的许多人经过一定时间以后反而变为贫困者。其结果，贵族在尊荣与财富之间，造成了一种名不副实的状态。这几乎成为一种必然之势。

对于那些拥有个人自由身份的贵族，我们可以如此设想：一座千年古垒或者建筑物依然完好，或者一棵大树还在坚实完美之时，总会叫人觉得那是一种令人产生敬畏的景象。我们要进一步看到，一个经过数度风雨沧桑而仍旧不倒的古老贵族之家，其可敬之处，恐怕更会引人崇敬有加。因为那些新封的贵族们只不过是前辈权力所给予的。而老一代的贵族伟业，差不多还是才干和时间的产物。历史表明，第一代贵族阶层中的那些创业者们的功勋功绩，往往是他们的后人无法比拟和超越的。不过，前人比起他们的后人，虽然富有才力，但是完全不如后人那么清白，因为前辈贵族在激烈斗争中能够飞黄腾达，其间运用的手段相信定是善恶交混的。但是在前人留给后代的记忆里面，却只有闪光之处。至于他们的短处，则与身俱灭。这也是合情合理之事。

身为贵族这一阶层，他们中的大多数人，常常属于好逸恶劳者。他们自己不勤劳，又往往嫉妒他人的勤劳。我们知道，一般

①贵族多的国家人民负担重。

情形下，贵族中的等级常是固定不变的。他们也不能再升攀到更高的地位去了。而那些停留在某一种地位上目睹他人上升的人，又难免产生嫉妒之心。另一方面，世袭贵族的身份天生就能够消除他人对于贵族的那种消极嫉妒。因为贵族的荣华与生俱来。毫无疑问，无论如何一国之君就会在贵族之中选拔那些有用之才。能用的人，他们将会得到安适的位置，各司其职。而民间大众也会自然听从并屈服于贵族们的发号施令。

# 十五　论叛乱

身为统治者，应当善于发现国家政治风波的预兆。自然界的风暴肯定有其先天征兆，而政治风波在到来之前，也必定拥有它的种种征兆。而这种政治上的风云变幻，在势均力敌之际、将要达到平衡的时候显得最为剧烈，就好像自然界的暴风雨在春分或秋分的时候，最为剧烈一样。同样的是，犹如一场暴风雨之前的大峡谷中徒有虚表的阵阵飓风和海波暗涨一样，国家的风云气候也常常如此。正如西方古语所言：

他（太阳）时常发出警告，
预示着暗潮即将引发，
预示叛逆与潜袭即将来临。

每当那些毁谤制度、无视法律、背叛国家的胡言乱语在光天化日之下泛滥的时候，这些谣言一定都是不利于国家的谣言。而这些上下传播为人所信的谣言的不胫而走，也就是社会动荡即将来临的预兆了。维吉尔[①]在他的《农事诗》里面曾经讲到谣言之神家世的故事时说，谣言女神是巨人们的姐妹。维吉尔这样描写道：

①维吉尔（Virgilius，公元前70—前19年），古罗马诗人。著有《埃涅阿斯记》《牧歌》等。

她，从地母对众神的不满中诞生
这巨人之族最后的一名是
凯斯和安格拉多斯最小的妹妹[①]

从历史上看，谣言总是好像以往政治动荡与叛乱者们的前奏曲似的。正如维吉尔所言，这些谣言的确是动荡和叛乱的前奏曲。事实上，叛乱的行动和叛乱的谣言之间是没有什么太多差异的。它们犹如兄弟姐妹那样，不过有阳性与阴性上的男女之分。特别是在有些谣言导致了严重恶果时，其中的差别就更为微妙了。

尤其当一个国家的政策得到称赞，政府的向善举措也使得大多数百姓欢欣鼓舞的时候，就容易被恶意的谣言所中伤，进而很可能引起民心的背离与大众的怨愤。这表明谣言是可怕的。正如塔西佗所说的："当一个政府不再受欢迎的时候，它好的举措和坏的方略一样无效，照样能够触怒人民。"[②]但值得注意的是，不要因为谣言是动荡和混乱的前兆，就去用过分严厉的手段予以压制。其实以暴扼暴去制服谣言，并不是一种完全值得称道的方法。以静制动，置之不理并且蔑视这些谣言，倒极有可能是制止谣言的最好方法。而那种四处游说，到处设置障碍，严禁开口说话的办法，反倒会让他们产生进一步的逆反心理，从而使群疑蔓延。

对此，塔西佗所说的那种服从，也是应当提防的。他这样讲："他们拿着国家的俸禄，口头上虽然还是愿意服从的，但只是乐于口头上议论，而不乐于在行动中服从命令。"对于上级的意志、命令和指示，经常吹毛求疵，挑肥拣瘦，那是一种阳奉阴

①参见维吉尔史诗《埃涅阿斯记》第4卷。
②参见塔西佗《罗马史》第1卷第7章。

违的抗命举动，也是一种叛逆的尝试。尤其在某些无原则的争论中，主张服从者往往出言小心，而反对服从者却肆无忌惮、夸夸其谈。

此外，马基雅维利对此的看法，可谓真知灼见，一针见血。他说，身为民众父母的君王，如果自成一党或者偏向一派的时候，就犹如一只因为载重不均而快要倾覆的航船。这样的事例古来有之。比如在法兰西国王亨利三世时代，就曾经发生过这种情况。当时的国王自己率先站在了一个教派一边，动手消灭了另一个新教派。不料后来，这个教派出尔反尔，杀了一记回马枪，开始对付国王本人了。而这个时候，国王就成了真正的孤家寡人。

假如，一位当政君王的权威仅仅被看成是实现某一种目的的手段，并且到了君王权势的底线已经不能够维系他拥有的约束力的时候，那么作为君王他此刻也就差不多要受到驱逐了。再有，当攻击冲突、互诟党争等现象公开进行，并且到了肆无忌惮的时候，这就是一种明显的征兆——恐怕此刻民众已经开始丧失对于政府的信心了。因为一个政府里大人物们的举动，应当如同老派天文学当中所说的那样——第九重天之下的诸行星动作，都是由于每个行星受到了更高行星的动律支配，而且行星的公转格外迅速，而行星在自转运动当中却是比较缓慢的。这种情况常常表现为，政府中的大人物们在各自的自我运转当中是颇为剧烈而快速的。这个运转的表现正如塔西佗的名言所讲："其自由放任实属与君道不符。"这个时候，就完全可以说，他们的天体开始失去常轨了。

因为我们知道，尊严与威信是上帝维护一个君王的重要标记。而上帝警告他们的时候也会提醒道：我要解除你君王权力的时候，就是依据这个标记。也就是："我要放松君王的腰。"[②]所

①第九重天，参见古希腊天文学家托勒密《大综合论》等。

②参见《圣经·旧约·以赛亚书》第45章第1节。

以说，当政府依仗的四大基石——宗教、法律、议会和财政当中的任何一项受到了动摇或者削弱的时候，人们就应当快去祈祷上天及时赐予风调雨顺的天气。不过我们现在，暂且离开这些关于预兆的部分（关于这一部分，我们会在下文当中进一步讨论），先来说一说关于叛乱的因素，之后再说说叛乱的原因和动机，然后再谈一谈防止叛乱之道。

关于叛乱的因素，这确是一个大为值得深入探究和考虑的问题。因为我们采取预防叛乱时最稳妥的方法（如果时代和民心允许的话），首先就是想方设法消除有关叛乱的因素。因为叛乱像火，如果要是它有了预备好的干柴，那么就说不定什么时候碰到火星，一下就使它燃烧起来。我们所要熄灭的，就是这些火星的源头。一般看来，叛乱因素常常有两个方面：一是贫困，二是民怨。可以肯定，现实生活里有多少破产的人，就会有多少动乱的潜在因素，这也是一个铁的定律。鲁根[①]关于古罗马内战之前的社会情形描绘得相当精彩，他这么说：

由于高利贷侵吞了人民的财产
所以战争是奔向财主的结账之日
它的到来鼓舞了人心

这么一个“对多数人有利的战争”，其实就是正在陷入动荡与叛乱边缘的一种准“叛乱”的前兆。这也表明了，一个国家必将走向叛逆和动荡的深渊。与此同时，假如那些上流阶层的贫乏与破产同普通百姓的穷困互有关联，那么这个国家将要大祸临头了。因为人民饿肚子的苦难才是最为根本的动荡和叛乱因素。至

①鲁根（Lucan，公元39年—65年），罗马诗人，著有拉丁文史诗《内战记》。

于民众的怨愤，这也是不可估量的。它在政治团体当中的作用，和人体中的血液所起的作用一样，极端容易聚积起某一种异乎寻常的火气，进而发炎高烧起来。作为一个君王，定要切记，不可把这些民众的怨愤当成是普通现象，从而去判断衡量其的危险性。民怨中的标准是不能够测量的。因为如果那样做，就是把人民想象得过于理性了。而大众是比较现实的，他们常常会铤而走险，甚至拒绝对自己有利的事。

当然，执政君王也不可以单单把这样一个标准，来作为应时的全策。要知道，民众的怨愤痛苦是大是小，是强是弱，并不好一概而论。因为有一些民众怨愤当中的恐惧，远远超出了他们的怨愤痛苦，而这种恐惧的怨愤才是最危险的。“痛苦是有限制的，而恐怖却是无边的。”再有就是，在比较深重的压迫之中，那刺激人耐性的事物，同时也能够制约人的勇气。然而，在恐怖气氛中的民怨并不如此。任何一位君王或者国家当政者，都不要因为民众的怨愤时有时无，而去认为并不会有什么太多危险发生，因此，对于这种民怨也不大加以提防和考量。这就大错特错了。生活经验告诉我们，每一股小水汽或者薄雾气，都不一定会成为暴风雨。即使有暴风雨，有时也会下一阵子就过去了。可是终究，真正的暴风雨会倾盆而下。西班牙成语说得好：“绳子最终断在最无力的一扯之上。”①

关于叛乱的原因和动机，我认为主要的问题是：宗教改革，赋税增减，法律更新，风俗变易，特权废除以及普遍的压迫，小人的上台，异族的侵入，饥饿的威胁，散兵，内讧的激化，极端的党争，还有任何一件能够激怒人民使之声讨，并且一鼓作气团结起来的事物。

有一些最基本的预防叛乱之策，这里我还想再谈一谈。

---

①参考英国民间谚语：压死骆驼的是最后一根稻草。

至于专门的补救措施则必须因病施药。所以这个不能由理论处理，而必须留给专门的朝议。

第一种防止叛乱或者给予救治的方法，那就是尽其最大可能把我们以上说过的产生叛乱的原因扫除掉。产生叛乱的物质原因，首先就是国家贫困。要想杜绝并且铲除叛乱之源，那就应当采取如下方法。比如：便利并均衡贸易；保护并鼓励工业；禁除游荡；以节俭令制止消耗与浪费；改良并垦殖土壤；调剂物价；减轻贡赋以及诸如此类的方法。一般而言，应当预先注意不要使国内的人口（尤其是没有受到战争破坏的时候）超过国内资源的承受能力。当然，人口也不完全可以仅拿人头数目来计算。

因为一个人口较少、收入也较少而消耗又比较多的国家，比起那些人口众多而在消费上又较为节制、生产能量多的国家，可能很快就会失去现存国力。因为如果贵族以及其他官僚阶层人口的增加，超过了平民人口增加的正当比率的话，这样一个趋势有可能很快就把一个国家陷入非常贫困的境地。同样，宗教人士数量的过快增长也会增加上述情况发生的可能性，因为这些人都是不参加物质生产的。同样，国家和人民养活的那些学者，如果多过养活他们的职位的时候，也会产生如此情况。因为这些人是不给国家创造物质财富的。

任何一个国家财富的总体增加，理论上必须依靠从国外取利。因为对于本国任何事物，都是有所得也有所失。我们可以看到，世上只有三种东西是能够从这一国度输出到另一国度的，即天然的物产；人造工业产品；商品运输。因此正常情况下，如若这三个输出的轮子常转不息，那么财富将如春水一般滚滚流通。再者，事情往往如此，“工作胜于物质生产”。这也就是说，工作和运输比起物质来，实际上更具有价值，更能增加国富。比如荷兰人在这方面的发展，就是一个很明显的例子。他们是全世界享有最良好的地面矿物财产的国家（意指其地下物产不丰）。更主要的是，还要尽力出台良策，要使一国之内的珍宝财物不要落入少数人手中。如若不然，一个国家虽然也可以有很多财富，可是仍然不能免除大众的饥饿。

金钱好似肥料，如果普及不善，便一无好处。要使钱财达到天下普及，主要手段就是禁止严厉约束那些像高利盘剥，商品垄断，毁田养牧等等诸如此类唯利是图的种种勾当。

一旦发生了民怨又当如何呢？于是，这里也就说到了关于消除怨愤或者至少暂时消除产生民怨的危险。我们知道，每一个国家，一般都会有两种国民：一是贵族，二是平民。这两者之中，倘若只有一种是心怀怨愤的人群时，那危险还是不太大。因为若是没有上流社会进行挑拨和唆使的话，平民阶层通常是没有真正实力的，至少反叛动作也是比较迟缓的。而对于上层阶级，如果下层民众不能或者不准备有所举动的话，那么他们的力量也是不够大的。所以，当上流阶层在下层民众中掀起骚乱以后，并且明确了他们的同步态度时，那对于一国之主会是很危险的。

诗人的寓言这样说：众神想把丘比特困缚起来，而这一种企图恰好又被丘比特听见了，于是丘比特听从了帕拉斯[1]之计，召集了百臂巨人布瑞阿瑞欧斯[2]前来帮助自己。结果众神未能得逞。这个神话表明，为人君者，如若能够获得平民之心，那么君王和它的国度将是平安无虞的。

给予民众以适当的自由，方便的情况下让他们宣泄一下痛苦，使他们的不平得以发泄（只要发泄的时候不至于过火和夸张），这应当是一种比较有效的方法。这个道理，可以拿医学上的实例加以说明：如果身体有脓存在，那就必须将脓挤出体外。

---

①帕拉斯（Pallas），古希腊神话中的智慧与战争女神。

②布瑞阿瑞欧斯（Briareus），古希腊神话中的百手巨人。

如果让脓液和伤口的血倒流入体内，人将会生恶疡或有生命危险。人在与怨愤有关的情况下也同此理。埃庇米修斯之所以比较适于普罗米修斯，那是因为再也没有比他们预防怨愤的方法更有效的方法了。埃庇米修斯在许多痛苦和祸害飞到了外面之后，终于盖上了盖子，只把希望留在了箱子底下。毫无疑问，这则神话巧妙地保留了人们对于希望的态度，以及光明能够导引人们从这一个希望到另一个希望。这种办法真的又是治疗和救治怨愤之毒的一剂良药。

一个宽容政府的仁善之举，就是能够充分满足人民的基本要求和希望，并由此获得大众民心。有的时候，如若能够带给百姓一定希望，并且当其君王的办事能力也表明百姓是有希望的时候，这就确实是一个贤明的政府了。应该注意到，因为个人和党派的双方都比较容易阿谀当朝君主，所以这位君王至少也要装出一副坦然的样子。

另外，还要有一定的预防之策。比如防范那些可能成为反对党领袖的人物。因为他们可以聚众或者领率一班门徒，随时图谋造反。这种人的威信越高，那么他的危险性也就越大。这些所谓的反叛者首领，一般都是有一些知名度和业绩的人。他们身上具有两重不满。一种不满是他们对于现存制度心怀不平，另一种不满则是已有的党派人物对于他的信任和尊仰的不足。对于这样的人物要么把他争取过来为政府服务，要么就设法削弱他的威望。或者使他跟他的同党当中另一人物一比高下，势均力敌，名誉分削。一般说来，分裂的事并不利于一国政府的党派集团。如果使之相互成仇，互不信任，那不是一种最有效的救治怨愤之方。假如，拥戴现政府的人们互相充满敌意，四分五裂，而那些反对政府的人们或者党派一致对外的话，那么这种“反叛”情势也就真的是危险至极了。

有些来自君王之口的机警之句以及锋利言语，曾经点燃了某些所谓的叛乱之火。比如，恺撒曾经说过这样的感言，“苏拉不识字，所以不会独裁”[①]，这话给自己带来了无穷后患。也是因为这句话，本来拥有希望的恺撒，最终彻底放弃了他个人的独裁。最后，他也正是在这句话上栽倒了。迦尔巴公然说道，“我不收买兵士而征募兵士”，他的这话一出，让他走入自戕。因为这话使他的兵士们都失去了赏赐之望。同样，普罗巴斯[②]也以他那“假如我活下去，罗马帝国将不再需要兵士了”的话刺激了兵士。他这一席话真是自找倒霉，让兵士们大为沮丧。毫无疑问，为人君者，在危险的事件上和不安的时代中，须要慎其所言；尤其是这些短短的言辞，它们飞行如箭，并且被人们认为是从君王的私心中无心泄露出来的。至于长篇大论，则是干燥无味的东西，不如这些短话受人注意。

最后我想谈的是，为人君者，为预防起见应当在自己身旁安排一位或者数位有勇有略的大将。这当然是为了削除叛乱的萌芽。如若身边没有这样的人，那么叛乱一起，朝廷也就惊惶失措了。除此之外，还要注意到政府所面临的种种危险。正如塔西佗所说：“虽然很少的人敢于做出这样丑恶至极的叛国之举，但是却有许多人愿意这一种事端实现。而世上的一般人，也大多都是准备赞成这件事情的。当时的人心，即是如此。”但是我们要心中有数，那些留在君王身边的军人，必须可靠而且有好的名誉。不可涉及党派之争，也不可结欢于众。这人要正直，并且还要与政府当中的其他大人物相得益彰。否则，那些号称医治“叛乱病”的药方，就要比那疾病本身更加要命了。

---

①苏拉（Sylla），公元前82年被举为独裁，公元前79年下台，恺撒之前的古罗马统治者。

②普罗巴斯（Probus），公元276年—282年间任罗马皇帝。志在和平，死于暴乱。

# 十六　论无神论

我宁可相信基督教的《众圣传》、犹太教的《塔尔德》和伊斯兰教的《古兰经》中的一切传说和寓言，也不愿意相信这个宇宙是一个没有精神主宰的空壳。所以，上帝无须创造奇迹来降服无神论，因为上帝自己所造的日常事务，已经足够驳倒无神论了。那些一知半解的哲学想法使人倾向于无神论。但是只要深入研究一下哲理，就会叫凡人的心皈依到宗教上去。只有当一个人精神专注时，他所注意到的事物才可能不流于表面。

从表面上看，自然界许多事物好像都是支离零碎、互不相连地发展进行着。但是只要进一步认真观察，我们就会发现，自然界的事物在内部精神上存在着千丝万缕的必然联系。由于它们的这种联系与因果关系，这种特定的并不偶然的关系只能归为一种宇宙运行的导因，那就是神。可是从另一方面来看，那些以无神论见诟的哲学学派的人，像莱欧西帕斯①、德谟克利特②、伊壁鸠鲁等等一派学说，恰恰提供了最为现实的宗教证据。

上述这一派人物，拥有两方面的朴素唯物主义学说。其中第一种认为宇宙当中的水、火、土、风四大实体的物质存在，有秩序地构成了宇宙。另外一种学说认为现有宇宙的基本组成，是一

①莱欧西帕斯（Leucippus），古希腊哲学家，公元前470—前360年间人。

②德谟克利特（Democritus），公元前460—前370年间哲人。

群无限小并且没有稳定形状的原子。然而我认为，在这两种学说当中前面一种还是较为可取的。

《圣经》上说："愚顽人的心里没有神的存在。"但是，《圣经》并不是说："愚顽人的心里没有认识到神的存在。"这里的意思其实也就是，这个愚顽的人之所以主张无神论，是由于他们的思想里面并没有经过货真价实的理性思考。其实这也就是说，除非无神理论能够带给现实中的人一些好处，否则，是没有什么人轻易愿意相信无神论的。除了那些主张无神于己有利的人们之外，没有人会彻底否认神的存在。无神论者总在高声谈论他们的主张，好像他们觉得自己心中有着太多痛苦，需要神来拯救和扶助自己似的。可见，无神论者也只是口头上说说，而实际上并不是。

不仅如此，和其他别的宗教派别一样，无神论者们也努力地吸收着信徒。尤为重要的是，你还可以看见，他们当中的有些人情愿为无神论身受刑罚而不反悔。可问题在于，如果他们真的相信世上没有神，那么他们为什么非要自寻烦恼呢？伊壁鸠鲁曾经用斥责的口吻这样说过：神明确是有的，不过他们是逍遥而自在的，是不问世间事物黑白的。我个人以为，伊壁鸠鲁说这话的时候，不过只是为了个人名誉而刻意为之罢了。

不过也有人认为，此举是在沽名钓誉。人们指责伊壁鸠鲁，说他的这种话模棱两可。其实他心底应该也是没有神的。毫无疑问，伊壁鸠鲁是受到相当的诽谤了。其实他的话是高贵而虔诚的，像"否认世俗的神灵，并不等于对神不敬。而那些强加于神灵的世俗，才是对神的最大不敬"这话，就是连号称哲人的柏拉图也未必能够说得这么好。还有一个问题就是，伊壁鸠鲁虽然有一些胆识来否认神的所为，但是他却没有能力完全否认神的性质。

虽然西印第安人在现实中没有认识到神的存在，但是他们也还知道，宇宙当中存在着神，并且还赋予诸神以自己的名字。古代欧洲的一些异教徒们亦是如此，他们不懂得上帝，却崇拜丘比特、阿波罗、宙斯等等。这就足以见得，甚至在这些野蛮人心里，其实也是有神的观念和神的存在的。虽然这些观念并不能彻底地等同于真正的文明人所拥有的神的观念那么广博精深。

但是在反对无神论者这一件事上，所谓的野蛮人和境界高深的哲学家们还是站在一起的。而实际上，真正的思想家当中无神论者也是很少的，无非也就是戴奥高拉斯[①]、巴昂[②]、卢西安那么几位而已。然而就连他们这几个人，也好像仅仅属于外表上的思想家，盛名之下，其实难副。因为那些凡是对于现有的宗教或者迷信执有异议的人，总是会被反对者们冠以无神论者名义的。而且那些货真价实的无神论者们常常都是伪善的人。他们在面对神圣庄严的东西时往往无动于衷。因此他们迟早是要碰壁的。

便于无神论产生的原因主要有：第一，宗教分成多种派系。任何一个派系的存在，都会增加人的论争热诚。第二，僧侣道德的缺失。这就如圣波尔纳[③]所说的："我们现在不能说僧侣如同一般人了，因为现在一般人是比僧侣强了。"第三，一种关于亵渎和嘲弄神圣事物的惯常风习。这种风习，一点一点地毁损了我们宗教的尊严。最后，学术昌盛的时代。尤其是我们所处的时代是太平和繁荣的时代。因为祸乱与贫困的社会更能使人心向宗教，寻求慰藉。

在我看来，那些否认有神的人，应当是毁灭人类尊严的人。因

①戴奥高拉斯（Diagoras），公元前5世纪雅典学者。

②巴昂（Bion），公元前3世纪古希腊哲学家。

③圣波尔纳（St Bernard），11世纪法国传教士。

为人类在肉体方面的确是与禽兽相近。如果人类在精神方面再不与神灵接近一点的话，那么我们人类恐怕就成了一种卑污下贱的低等动物了。同样道理，无神论者们也毁灭了英雄气概和人性的光大。我们这里以一条狗作例子，看一看它在发现自己受到一个人护持的时候，显得如何高贵而勇武，如何狗仗人势。此时此刻，一个人对于这一只狗而言，人就是狗的一位神灵，或者是拥有一种更高神性的生命。这是因为那一条狗对于一种比它天性更高的人的天性，有着某一些信仰的缘故。这时候人的某些神勇，显然是那只低级动物永远不可能达到的。人也是这样，当他信赖神灵的保护以及恩惠并且以神自励的时候，人就能够聚积一种力量和信心。但是，这种力量和信心单凭人性本身是得不到的。

因此，无神论是可恨的。在人性方面也是如此，因为它剥夺了有关人性赖以超越人类弱点的动力和信念。在这方面，一个人如此，一个民族也如此。人类历史上，似乎还从来没有一个国家，如同罗马那样强大。还是来听一听西塞罗[①]所形容的："无论我们自视多高，然而我们却在人数上，敌不过西班牙人；在体力上胜不过高卢人；在灵巧上胜不过迦太基人；而在艺术上又胜不过希腊人。不仅如此，我们比起那一些天生的足智多谋者，在爱国之心和眷恋乡土方面，我们连土著的意大利人和拉丁人也超不过。然而有一点，我们确是自信的。这就是在慈孝上，在宗教虔诚上，在唯一的大智慧上，我们确信我们来自神，并且由神支配。在这一点上面，我们是优越于一切国家与民族的。"

①西塞罗（Cicero，公元前106—前43年），古罗马文学家、演说家、哲学家，著有《致友好书信集》等。

# 十七　论迷信

关于神，我宁可什么意见都不讲，也总比提一些错误的意见，比随随便便地发言要好得多。因为有些人不论说什么，他都是不相信神的，而有一些人甚至侮辱神。其实不用争论什么，对于神的迷信，的确是对神的一种侮辱。关于这一点，普鲁塔克[1]这样说道："我宁愿人家说，这个世界上从来就没有过普鲁塔克这么一个人。也不愿人家说，从前有那么 个叫普卢塔克的，他的儿女一生下来，他就把他们给吃掉了。"普鲁塔克的这些话，其实是针对历史上关于大地之神塞特恩[2]的传说的。世人需要知道，对于神的侮辱越大，对于人的危险也就越大。

无神论把人类交给理性，交给哲学，交给法律，交给名利之心，或者交给天然的亲子之情等等。所有这些东西，虽没有宗教的存在，但是它也可以引导人类走下去，使其有一种外表上的道德。但是迷信却不同，它卸除了一切表征，从而在人心深处树立了一种绝对专制的君主体制。因此，无神论从来没有扰乱过什么国家大事，因为无神论让人现实，叫人谨慎自顾。这样一来，人们除了自己的利益之外，似乎并没有什么别的顾虑和牵挂了。所以我们可以看见，那些倾向无神论的时代，比如奥古斯都时代，基本上还都算是太平时代。

①普鲁塔克（Plutarch，约公元46—约120年），古希腊作家。
②塞特恩（Satuan），古罗马神话中的农神。

但是，迷信不同于宗教。迷信曾经扰乱过许多正常的国家，甚至还为世人带来了一个新的所谓的“第十重天”。而把过去社会原有的“第九重天”都给弄得本末倒置了。迷信就是要把政府的天下折腾得脱离常轨。社会上，迷信的主人公自然是民众。在一切迷信当中，有智之人倒常常是随着愚人而行。并且在理论上，也是跟着愚昧进行一种颠倒次序的行为。历史上，在经院派学说[①]占上风的特伦托宗教会议[②]上，有些经院派的大教主以及学者们，正式讲过一些意味甚深的话。他们说道：经院派中的人就像天文学家。天文学家为了解释所谓的天体运行理论，假设了一个什么离心圈以及本轮之类的轨道学说，企图用后生的科学手段解释天文上的现象，虽然他们心里也知道，在天体上是没有这种东西的。

同样，经院派的学者们也构造了许多五花八门、奇妙复杂的所谓原理和定律，想着解释教会产生和发展过程中的行为。在他们看来，使人类陷入迷信的原因多种多样，比如利用炫人耳目的宗教仪式制造法利赛式的虔诚[③]，利用人民对于民间传统的心理崇拜与信仰，还有高级僧侣们为了他们个人的野心或者财路而设的阴谋，用所谓虔诚善意设计了足以引人注意乃至上当的圈套，把善良的人引入人间地狱。最后，迷信大肆利用了历史上那些野蛮的时代，尤其是灾祸横行的蛮荒时代。

假如迷信一旦毫无遮掩地犯忌，那便是一种丑陋不堪的东西了。犹如一只猿猴，因为它的外表太接近人了，所以它才更加

---

①经院派学说，中世纪欧洲最有影响力的思想，致力将思想纳入一种逻辑的形式当中。

②特伦托宗教会议，天主教第十九次公会议。公元1545年在特伦托城在召开，1563年闭会。时开时断，会期长达十八年。会议主题为反对宗教改革运动。

③指虚伪的虔诚。

丑恶。所以，迷信如果以一种宗教的形式出现，也使迷信变得更加丑恶。这就犹如一块好肉腐烂后生成小蛆一般。某些一开始本来良好的仪式，也可以一步步腐化为琐细恶心的仪节。有时，人们以为如果远离以往的迷信，那么这应当就是最好的行为，可是矫枉过正在不知不觉间就会产生一种新的迷信。因此应当留心的是，不要为了急于涤除体内积毒，而去滥施泻术。所以在反对迷信时，应当慎重。

# 十八　论游历

游历，显然是年轻人接受教育的一个必要部分[1]。而在年长的人那里则是他们生活阅历与经验的一部分。假如你还没有学会一点某国的语言，就动身前往该国游历的话，这也可以说是一种像去上学一样的学习方式。这并不是单纯地去旅行和游历，而是一种游历的求学方式。青少年出门旅行和游历时，应当跟随导师或者带上一些比较可靠翔实的资讯，我是赞成这样做的。只要那个导师或者同行的随从者是一个懂得所游历国家语言的人，并且他也曾经到过那里的话，那真的最好不过了。因为这样的话，他就可以告诉你，到了那个国家应当看什么地方，应当认识什么人，应当有什么样的阅历训练，等等。如果不是这样周密安排，两眼一抹黑，初入他国旅游的年轻人，肯定就会像两只眼睛上蒙了一块布，什么也看不到。

说起来很有趣，人们在航海的时候，面前除了蓝天和大海以外，什么也看不到。然而很奇怪，人们却常常写日记。而我们在陆地上旅行的时候，可以观察到的东西缤纷多彩，人们却常常忽略掉了写日记的习惯。好像人们偶然见到的事物比更加专心观察的事物，反而更值得写似的。其实旅行日记是应当天天记的。

人在游历过程中，应当观察和注意的事物很多，主要包括这

①游历是西方上层社会子弟的一种生活风俗，文艺复兴时期游历之风尤为盛行。

样一些内容：君主制国度里的朝廷，尤其是当政者接见外国使臣的时候；国家法庭在开庭审案的时候；宗教法院、教堂僧院以及这些地方遗留下来的纪念品。还有城市的墙垣与环城堡垒；城市商埠与港口湾区；文物古迹、图书馆；学校学院、辩论会场、演讲现场、航海设施。另外还有大城市里的建筑与花园；军械库、兵工厂、大仓库、交易所、基金会；还有马术训练、剑术军操以及诸如此类的表演事业。一般而言，一个上层社会人士为了提升个人修养，他还要去访问一下有关戏剧艺术[①]、珠宝服饰之类展藏以及上乘木器与珍玩宝馆；并且还需去流连一下任何一处值得记忆中收藏的事物。

关于出行的这一切内容，那个做导师或者做随从的人更是应当要详细进行访问的。至于那些具体独到的礼仪盛典、宫宴舞会、婚礼出殡、行刑场面以及诸如此类的景观，虽然无须放在心上，但是也不可以随便把它们忽视了。如果一个年轻人希望自己去一个比较小的地方旅行，并且他想要用比较短的时间收获许多知识的话，那么他就应当尝试如下所述的做法：

第一，像我们在前面讲过的那样，这位青年在去游历以前，一定要学一点他将游历的国家的语言。第二，仍如上面所讲的那样，他最好有一个比较熟悉那个国家基本情况的导师或者随从。外出旅行时，一定要注意随身带上所要去的国家的地图或书籍。这些书籍对于他的访问和观察，将是一个很好的向导。同时，他最好也带上日记本，写写日记。在某地居留期间的长短，最好应当合乎从中所获知识的价值。不过不要耽搁太久。第三，当他住在一个异地城市时，应当主动变换一下住所，应当由城市这一端迁移到另外一端。这样可以开阔视野，也可以结识更多的有才之士。不但要和本国人常常来往，并且也要与外国人往来。他可以

①主要是指有舞台布景设置的音乐诗剧。

不断遇见当地上层社会人士，甚至还可以主动与他们一起愉快地吃饭。

从这一处迁往另一处时，你最好设法得到一个良好的介绍机会。这样一来，你就可以方便地前往所去的地方，并且见到你想要认识的社会名流，而且这些人也会在一些事上帮助你。如此一来，你也就可以有效缩短个人游历的时间，同时获得成倍的教益了。至于说到在游历当中我们要寻求友谊的话，则最为合适的应当就是与各国使节、书记官员或者私人秘书进行友好交往，而这也是最为有意义的地方。时常，一个人虽然只在有限几个国家游历，但他却可以尽情了解有关许多国家的基本常识。有时，这个游历的人也应该去见一见社会各界有头有脸的名流巨子。通过这种结识，也许可以看出这些人真正的为人，与他们的社会声名之间拥有多少相符之处。

千万要记住，人在出游当中一定要谨言慎行。至于不必要的吵嘴争斗，那更是必须谨慎加以避免的。说到底，争斗大多是为了情人、座次、口角、吃喝之类的区区小事。一个人应当注意如何与善怒喜争的人进行交往。因为那些好争之人，常常也会把我们这些无辜的人卷入他们的争斗中。还有，一个旅行者回到自己的国家之后，不应该把个人曾经游历的国家完全抛到九霄云外，而是应当与他所结交的那些最有价值的异国友人有所往来，保持联系。再有，他的游历状况，最好是在他言谈当中流露，而不是显示在他所穿服装之类的表面事物上。而在他的话语中，最好也慎言慎语。应当让人家看到，自己并不是一个以外国某些入时习惯来替代本国个人风俗的人，而只是将从国外学来的优良事物潜移默化到了个人生活中而已。

# 十九　论帝王

一个帝王的内心世界是复杂而难以捉摸的，常常是无所欲无所求，同时又是多所畏惧的。这一种特有心理，真的是一种痛苦而又可怜的阴暗心理。然而，身为帝王只会因为个人的极端身份而自恃尊贵。所以他们对于现实生活往往没有什么可以希冀与期盼的。这些情形，会使得帝王的精神委靡不振。同时在他们的脑子里，还存有许多关于危难和暗祸的超常想象。这些比较令人烦闷的东西，又会使得帝王的心思和身体坐卧不宁。这也正像《圣经》所讲的："天难测，地难测，君王之心更难测。"①

一个帝王深居王宫，因为畏忌多端，也因猜疑过分，从而也便没有一定的欲望可以调度或者约束他多余的情感欲望。于是帝王的这种游移心理，使得任何人都难以度量。因此，世上有许多君王常常为自己创造某一种新的欲望，并且专心执著于此。他的这些琐碎细事中，有时是修建一座建筑，有时是建立一个教坛，还有的时候是提拔一个人。更有的时候，帝王还要专门精于一门手艺或者技巧。比如尼禄②爱好竖琴，达密王③精于射箭，康莫德

①参见《圣经·旧约·箴言》。

②尼禄（Nero，公元37—68年），罗马暴君之一。常以诗人自居。

③达密王（Domitian），韦斯帕芗之子。公元81年登上罗马王位。公元96年被杀。

斯王[1]喜欢剑道，而卡拉卡拉王[2]喜欢骑术。

对于上面的这些人与事，像我们不懂得其中缘由的人，好像觉得不可思议。可是其中的缘由，恰是人的心理在某一些细小之事上的体现。在小事上足够进取，而在大事上迟滞不前，这便是帝王的天然性格使然。从历史上来看，我们常常可以见到，那些在早年身为幸运的胜利者的帝王们，因为他们不去继续进取，而在幸运当中又受到极度的限制，所以他们在晚年常常变得迷信而且郁郁寡欢。例如亚历山大大帝[3]，德奥克里王[4]，还有查理五世[5]等帝王均是如此。这些帝王甚至都是叱咤风云、惯于进取的人。但是后来，他们变得止步不前，自轻自贱，非复故我。

我们还是来说一说关于帝王权力的真正气质吧！这真的是一种相当不容易保持的气质。因为这其中真正的部分，与其中失调的部分是矛盾的统一。这两者都是由矛盾的冲突造成的。然而它们融和起来是一件事情，而交换之后又是另一件事情。韦斯帕芗拜问阿波罗尼乌斯："到底是什么原因颠覆了尼禄王朝呢？"阿波罗尼乌斯坦诚答道："尼禄王虽然善于调弦弄琴。可是他在政治上，有时候把治国的轴拧得太紧，而有的时候又放得太松了。"毫无疑问，治理一个国家如果滥用职权，忽而大施淫威，

---

①康莫德斯王（Commodus），公元180年登上罗马王位，公元192年遭刺。

②卡拉卡拉王（Caracalla），公元211年登罗马王位，公元217年被其护卫军所弑。

③亚历山大大帝，马其顿菲利普二世之子。生于公元前356年。20岁登上王位。

④德奥克里王，公元284年被拥为罗马皇帝，在位21年，卒于公元313年。

⑤查理五世（Charles V），公元1519年成为罗马皇帝，晚年诚信宗教，公元1558年辞世。

忽而过度放任，这样一种极不均衡又不合时宜的政策，再没有比它更能破坏威权的了。

细说起来，近代君王稳固个人江山霸业之事，还是有可圈可点之处的。他们将权术的重点，主要放在如何巧妙躲避与转移大难临头的危难上面，而不是放在怎么合理地防止危难之上。这种所谓的救急办法，未免舍本逐末。自然，人们也应当注意，千万不可忽视或者容忍那些妄图作乱者身下的干柴渐积，因为没有人能够防止突然燃起的星星之火，而且也没有人能够看得出这些火星来自何方。在君王的事业当中，他维护个人政权的困顿与艰难到底有多大，恐怕只有他自己的心里面最清楚。对于巩固权位，他们心头时常充满矛盾和挣扎。这就好比如塔西佗所说的“君王们的欲望强烈而又自相矛盾”。[①]他们竭力希望达到个人目的，却又不肯忍受那些必需的残酷手段。这应当是他们身上最为自然的致命弱点。

对于一个帝王而言，他人的存在，几乎也就是自己敌人的存在。所以这位帝王还必须拥有应付身边人物与事物的矛盾的能力。比如，帝王对于他与邻国、后妃、子女、高级僧侣或者教士、贵族、二流贵族或者绅士、商人、平民、兵士等等的关系，都要处理得得心应手。因为一旦这位帝王一不小心，上述所有这些方面的关系，都可能成为引发危难的源头，所以最好做到防微杜渐。

先看关于帝王们与邻国关系。对于这点，除了有一条属于永远可靠的定理之外，其他别的毫无普遍定理可言，因为世上的人情局势是易变的。而这一永远可靠的定理就是，一国的为人君者，应当时刻保持警惕，千万不要让任何一个

①培根说此言出自塔西佗，可能有误。

邻国强大到比从前更有害本国的程度。要防止他国以领土扩张、外交手段、商务贸易或者诸如此类的外交手腕渗透入侵。预知并且防止上述情形的发生，是国家和政府的一项常抓不懈的事务。从前世界历史上的三大欧洲君主，也就是英王亨利八世[①]，法王法兰西斯一世[②]，皇帝查理五世，在他们身为整个欧洲领袖的时候，当他们三位之中，如果其中一位多得了尺寸之土，其余的两位就会或者以联盟或者以战争的手段一起遏制他。

类似上述的君主联盟，历史上也有他例。比如那不勒斯的斐迪南王[③]、佛罗伦萨共和国的罗伦佐·梅迪契王[④]、米兰大公卢多维卡·斯福尔查王[⑤]的联盟。圭恰尔迪尼[⑥]称上面这三大巨头的联盟是意大利的安全保障者。有的经院哲学派中的某些学者则认为，虽然战争对世界和人的伤害总是不合情理的，可是到了刺刀捅进胸口才进行还击的话，实在为时已晚。另外，还有经院派人物认为，其实敌人的潜在危险，足以构成我们打击他们的理由。为了消除临近的战争祸患，这些情况，应当也算得上是一个预防战争的正当理由吧。

接下来，我们再来谈一谈关于后妃的事情。历史上有关后宫妃子的祸害有目共睹。其中更有一些妃子毒害君王的例子。

---

①英王亨利八世（公元1491—1547年），公元1509年继任英国国王。

②法兰西斯一世（公元1494—1547年），公元1515年出任法国国王。

③斐迪南王（Ferdinando King，公元1452—1516年），1504年出任那不勒斯国王。

④罗伦佐·梅迪契王（公元1449—1492年）佛罗伦萨共和国国王。

⑤卢多维卡·斯福尔查王（公元1452—1508年），米兰大公。

⑥圭恰尔迪尼（Guicciardine，公元1452—1540年），意大利史学家。

比如罗马皇帝提比略的儿媳里维亚[①]就因毒害丈夫而著恶名于世。奥斯曼帝国苏丹苏里曼一世的宠后罗克撒拉那[②]，就是杀害王子苏丹穆斯塔法的女人，而且她还是搅乱家庭嗣续的罪魁。又比如英王爱德华二世的王后[③]也是阴谋废黜并且杀害她丈夫的主谋。因此这样一看，只要宫中后妃要夺位给她们儿子的时候，或者遇人不淑，后妃跟外人勾结的时候，那就是后妃的阴谋到来之时。此时此刻，君王们必须提防，以免后宫发生血灾。

这里还要说说帝王的子女问题。确实，这同样是一个棘手问题。由帝王子女们而带来的种种危难也是很多的。一般说来，身为帝王的父亲对于他们的儿子，总是怀有天生疑忌之心的。比如，上面已经说到的那一位王子苏丹穆斯塔法之死，对于梭利满王室肯定是一种致命创伤。因为确有传言，土耳其王室自从梭利满以后的王位继承人，都有身份不正之嫌，也就是有外来人的血统。塞利马斯二世[④]总是被人认为是个私生子。克瑞斯帕斯[⑤]是一位非常温顺有才的青年王子，却被君士坦丁大帝[⑥]所杀。这种宫中流血事件，对于君士坦丁王室无疑属于致命伤害。另外，君士坦丁的另外两个儿子，康士坦丁努斯和康士坦斯，也都死于非命。君士坦丁的另一个儿子康士坦提乌

①里维亚，罗马皇帝提比略的儿媳妇。

②罗克撒拉那，身为宠后，她教唆奥斯曼帝国苏丹苏里曼一世杀害皇太子穆斯塔法。

③英王爱德华二世的王后，法王菲利普之女，后与情人毛提末串谋杀夫。

④塞利马斯二世（Selimus II，公元1556—1574年），土耳其王。

⑤克瑞斯帕斯（Crispus），罗马君士坦丁大帝的皇太子，公元326年大帝赐死太子。

⑥君士坦丁大帝（Constantinus the Great），公元306年任罗马皇帝，公元337年去世。

斯[1]，其结局也不见好。虽然康士坦提乌斯表面是病死的，但是他的死，也是在朱利安努斯起兵造反之后发生的。马其顿国王菲利普二世王子德米垂亚斯之死，后来让他的父亲得到了报应，因为他的父亲是悔恨而死的[2]。诸如此类，父亲与子女反目成仇的例子很多，但是父亲因为猜疑之心而获得益处的例子却很少见或者根本没有。奇怪的是，子女公然举兵反叛父亲的事情，几乎也算是罕见之例。比如背叛了父王梭利满[3]的王子巴亚塞提[4]以及反叛了英王亨利二世的那三个王子[5]。

这里再谈一谈帝王与宗教领袖之间的关系。一般来讲，在这些宗教领袖骄纵权势的时候，他们也会给君王带来一定的危险。比如，安塞尔马斯[6]和坎特伯雷大主教汤姆斯·拜开提[7]，这两个人就曾经利用他们主教的圭杖[8]与当朝帝王的刀剑抗争。但是他们的对手也并不软弱，君王们也都是一些飞扬跋扈的人物。比如，威廉鲁夫斯一世[9]、亨利一世[10]和亨利二世之流。实际上，有时候这种危险并非来自宗教本身，而是来自宗教人士背后仪倚的势力。宗教人选并不完全是由君主操控，而是由平民百姓选出来的。所以在这种时候是有危险的。

---

①康士坦提乌斯，君士坦丁之子。

②马其顿国王菲利普二世，应为菲利普五世。

③梭利满，即土耳其王梭利满大帝。

④巴亚塞提（Bajazet），梭利满与罗克撒拉那所生之子，后来举兵反叛父亲。

⑤英王亨利二世的三个王子，分别是杰弗里、约翰、理查。理查于公元1189年夺其父王之位，称王理查一世，绰号狮心王。

⑥安塞尔马斯（公元1033—1109年），维护教权与英国君王对抗。

⑦坎特伯雷大主教汤姆斯·拜开提，公元1162年出任坎特伯雷大主教，公元1170年遇害。

⑧圭杖，又名牧杖，主教手执之杖，象征牧民之职。

⑨威廉鲁夫斯一世（公元1056—1100年），英国国王。

⑩亨利一世（Henry Ⅰ，公元1068—1135年），号称“博学的亨利”。

至于贵族阶层，帝王还是要对他们稍为疏远一点，保持一定距离。可是如果过于压制他们，兴许可以使君权更为集中，可是政治上又会不怎么安全，而且帝王的基本国策也不容易随心所欲。关于这些问题，我个人曾经在《英王亨利七世传》[①]当中提过。由于亨利七世一再压抑贵族，因此他那个时代总是充满艰难与动荡。因为那些贵族，虽然在表面上忠于亨利七世，然而在行动上却没有与亨利七世合作。因此亨利七世就显得孤立无助。

说到第二流的贵族或绅士，他们对于君王基本上是没有什么危险性的，因为他们只是一个杂乱散漫的小团体。虽然有的时候他们也高谈阔论一番，但是不碍大事，就任由他们讲吧，况且讲的也都是不动脑筋的废话，不会导致对抗行动。同时，他们这帮人还是更高一级贵族的肢解力量，往往能使高级贵族的势力不至于过于强大。当然，他们还是与一般平民比较接近的掌权者。所以有时，他们也还能够缓解一下民众的情绪。

至于商人，他们可以算是国家的血脉。如果他们富有，那么一个国家就会有健康的四肢。他们供血不足，国家就会严重营养不良。从他们那里征收的赋税，基本上是很少的一部分，因为从长远看，低税率可以保证商业繁荣，扩大税基，进而保证国库财富丰盈。

至于平民，他们基本上没有什么危险，除非他们当中出现伟大、能干的领袖人物。如果一国之君对于平民中间信奉的宗教问题、风俗问题，或者他们日常生活中的小事不加以无理干涉，同时没有领袖人物的发动，平民们通常是没有什么危险性的。

再谈到军队，他们显然是一股危险力量。当他们聚在一起过着团体和操守生活，并且一直习惯于接受君王赏赐后产生更高的

①参见《英王亨利七世传》，英王亨利七世（公元1457—1509年），都铎王朝首位君王。

物质欲望时，他们是危险的。比如有这样的例子，我们可以看到历史上有土耳其御林军与罗马近卫军的叛乱[①]。但是对于军人的防范手段，主要是分而治之。让士兵分散到不同地方服役，并且交由不同将帅领导，不要轻易赏赐。这样的国防自卫力量，一般是不会有什么危险的。

为人君者犹如天空上的闪耀之星。他能够为人带来福音，也会招来长久灾祸。虽然表面上君王很受尊敬，但是他却要倍遭劳烦艰辛。一切关于帝王生存的箴言，实际只是包含在这样两句名言里，“记住你是一个人”，还有“记住你是一个神或者神的代表”。第一句话约束君王们的权力，第二句话提醒他们的责任和使命。

①罗马近卫军，创立于奥古斯都时代，后发展到无恶不作，此军成为罗马帝国衰亡的重因之一。

# 二十 论忠告

给予忠告意味着坦诚和信任。因为人们只不过是把生活里的一部分事情委托于他人，比如田地、产业、物品、子女、信用，等等。但是，对那些被认为是诤友的人，人们则把生活全部都委托于此种人了。由此可见，那些给予忠告之言的人应当是严守信实与坚贞义气的。

君王中聪明的人不会认为，听取别人的忠告就是损害自己的个人威信或者才能。其实上帝也是少不了听忠告的，并且他把忠告这件事，庄重地定为他的圣嗣尊号之一，这就是所谓的“策士”[①]。所罗门曾经这样说过：“安全来自忠言。”世上诸事，必有波动。或是先动，或是后动。如若不是在忠告的言论辩驳上颠簸，那就必定会在不幸的波涛上颠簸，而后一种颠簸，终究都是会有始无终的。其中成败荣辱，好像一个醉汉步履蹒跚一样不好确定。所罗门和他的儿子罗波安[②]都发现了忠告的力量，父子俩都认为忠告是必要的，而且是实用的。因为上帝最宠爱的那一个国家，最先都是被一些参政的谗言给分裂和破坏掉了的。这种议事谗言拥有两个可以说是天赋的特点，仿佛以之教诫世人，如何可以看出恶意谗言的论调。其特征就是：人才方面，慎听年轻人的无畏言论；在事物方面，慎听狂热激进的言论。

---

①参见《圣经·旧约·以赛亚书》第9章第6节。

②罗波安（Rehoboam），所罗门之子。另参见《列王纪上》第12章。

古代帝王的安危与能否得到忠告密不可分。问题是，帝王应怎样巧妙地善用下属的议事与忠告呢？古人深刻譬喻，这样形容道：其一，古人说：丘比特曾娶了美蒂司[1]，其实这位美蒂司就是象征着议事言论的人。古人借助这个寓言，表示君权与言论本属一体。其二，就是这个故事的下文，丘比特娶了美蒂司之后，她就怀孕了。但是丘比特不肯让她等到生产的时候，就把她一口吞进肚子。因此丘比特自己竟也怀孕在身了。后来他从脑袋上生出了一个全身武装的帕拉斯[2]。这么一个荒唐出奇的神话寓言故事，其实暗含了多少为君之道的秘密啊。

这个寓言实际上就是说，一位帝国君王在处理朝政的时候，首先应当把朝政大权充分交与他的手下参议。这也就是上述那个怀胎受孕的故事的“忠告”。那么帝国君王如何利用议事忠告呢？第一，为帝王者应当把事务交付朝议，这就好像授胎使孕一样。但是，当这些事务在参政议论的胎腹之中，已经在智囊的子宫里面受到孕育营养，胎儿成形之后，帝王就不应当再让那些当朝的议士去决断乃至行“分娩”之事。不要让那些朝中臣士以为要支配这些事务，好像非要仰仗着他们不可似的。相反，这时一国之君要手中握实权力之柄，要把属于自己的事务统统收回自己手中，并且更要让世人看到个人的发号施令以及最后的决断。当然，这些号令以及决断在发出的时候一定要审慎有力。因为君王要让世人看到，他个人的足智多谋远远超出那个全副武装的帕拉斯。这样一来，就完全可以增加君王的个人名望了。

接下来，我们还要谈一谈，社会言论开放的弊端及其补救方法。事实上，言论开放也有它的不利之处：第一点，议政言论过分开放将导致朝政当中无机密可守。第二点，众议纷纭会使

①美蒂司（Metis），古希腊神话中的忠言或言论女神。

②帕拉斯（Pallas），古希腊神话中的智慧女神。

君王的威望和权力大大减弱，就好像一国之主做什么事，都不能全由他自己说了算似的。第三点，朝中奸臣往往出于私心，使用好恶两面之言，对于整个社会产生不利。为了对付上述三种有害言论，法兰西曾经实行了意大利人倡导的所谓的“秘密内阁”制度。实际看来，这种制度就是把国度议事交给少数人专理，这种手段并不是一种明智的方法，而是一种比疾病本身更糟的治疗幻术。

说到秘密，君王不必非把他自己心中的所有事情公诸于众，也没必要统统告诉手下的参政人员。对于朝中政事，君王还是可以有所选择的，要择善者而言。并且，即便向有关人士征询意见，君王也不一定就要道出个人心里想到的实情。究竟将要怎么办，只是君王自己的打算。切记，一个君王对任何人都要有几分提防，不可以让心中机密完全泄露。至于对那些所谓的“秘密内阁”制度内的人以及那些所谓的秘密会议，有下面这样一句话，可以作为君王的座右铭，“世上没有不透风的墙”（Plenus rimarum sum）。只要有那么一两个多嘴多舌的人，况且这类人常常以告发为荣耀，那么他们的危害程度之烈，即使有更多严守秘密的人也无法挽救。

诚然，一国朝中有一些事件是需要极度保密的。除了君主本人，最好不要有一两个以上的人知道。君王身边的许多事情正是如此，少掉一两个所谓的参政谋士也不见得没有好处。因为君主在言论与行事上还是要能够拥有个人既定方针，并且坚持进行而不受其他多余人士的扰乱。可是想要达到这种目标，身为君主者必须是一位明君即一位有能力和度量办事的君王。同时，这个君王身边的那些参与朝中机密的议事官员们，也必须是一些有智人士，必须忠于君主的心中方略。比如英王亨利七世，他在制定朝中大事之际，从来不把心中所想告诉任何一个多余人。只有莫顿[1]和福克斯[2]，还算是他信得过的人。

谈到君主威权减弱的事情，刚才我们已经在上述的寓言里面，表明了应有的补救之道。身为一名君主，如果他能够坐在自己的皇宫宝座上，认真听取一下臣民的议论言辞的话，那么这个君主的尊严并不会因为百姓参政议政而削减。甚至可以说，帝王听取民众的忠告意见，反而还会提升他的个人威望。从来没有听说过，哪一位君主会因为接受民主言论而失去王位的。君王只要记住，不要让自己身边那些心怀叵测的议事人羽翼过分丰满，也不要叫他们拉党结派。当这些人过从甚密的时候，君王还是能够比较容易发觉的，可以及时予以制止和补救。

在这里，我还想说一点关于忠告的坏处，那就是，一些别有用心之人会依据某种私心而去向君王进言。但是要知道，“在地面上找不到忠诚”[3]。当时说这话时，并不是指某一个人的品质，而是对于某一个时代风气的漫画式讽喻。无论表面上还是心里，有许多人的天性还是忠实可靠、诚恳质朴、率真纯朴的。尽管生活中也不乏欺诈狡猾之徒，但是身为君主，他首先应当把那些拥有良好天性的人吸引到自己身边来。还有，当朝之中的参政议事之臣多种多样，他们并非都是团结一致的人。相反，他们常常各自为营，总是结党营私，互相攻讦。其实，如果他们当中有人的言论是出于党派之争或者纯粹私心的话，用不了多久，都是会被当政君主发现的。但是，正如古代哲人所说：“贤明君主贵在知人。”君王一定要懂得知人善任。

另一方面，那些经常善表言论的人，最好不要过分揣测和

---

①莫顿（公元1420—1500年），英王亨利七世时期出任坎特伯雷大主教。

②福克斯（公元1448—1528年），英王亨利七世时期任威斯敏斯特教堂主教。

③参见《圣经·新约·路加福音》第18章第8节。

观察君主的为人。一个参与朝政的谋士应当拥有一个为人正直的品性，明白通晓主人的行政事务，而不是千方百计投主人所好。因为正派的大臣，会通过个人行动能力劝导君主，崇尚明贤，而不会专门去迎合其脾气。当听取朝中诸臣意见的时候，为明君者最好能够听取个别人的不同意见，又能听取和接受大众百姓的意见。一个君主能够集思广益是特别有用处的。因为私下里个别的意见比较自由，而大众百姓的意见又比较现实。私底下，人们常勇于表示自己的好恶。而在公众当中，人们又常易于受到他人好恶的影响。因此，如果能够同时考虑到上面这两种意见，那才是最好的。切记，君主在听取低等身份人物的意见时，最好是在私下，这样做的理由，为的是让他们畅所欲言。在听取较为尊贵人物的意见时，最好是在公众场合，这样做为的是使他们出言慎重。

君王如果仅仅是为了忠告而获求忠告的话，这就是一种毫无价值的忠告了。而且这种所谓的忠告，从形式到内容都是空虚无物的。因为这样做的话，君王的一切当朝事务，就好像一副没有生命的图像一样，没有生气。而君王办理朝政事务的那种王者之气，除了个人因素，还常常仰赖他的择人所得。君王用人时，一定不要仅仅依靠品阶或者官衔作为标准，而应把他端正的人品和良好的性格作为首选。这就好像是在研究一种观念，或者解析一道数学题那样，分门别类，择优而升。当然，仅仅这样，那也是不够的。因为一个重大错误的发生，往往是由于见识短浅所致，同时也在于用人不很得当。古人曾经说过："只有死人才是最好的忠告者。"这句话说得很不错。另外，当活着的人有话想讲，但是却畏首畏尾不敢言语的时候，有用的书籍就是勇敢直言的东西了。因此我们最好熟读书籍，尤其是那些曾经身历其境的人所写的书。

今天，各种各样议事机关的议会几乎都是一个摆设。其中大多数，也不过是一种平常的会议而已。在这种会议上面，诸种理朝事务仅仅是平平而谈，并没有什么辩论，并且议事结果，大多都是草草地听由议事机关命令或者决议来作出的。要知道，在某些重大事件上，议政者应该早在头一天能够提出对于该事项的议题，到第二天好进行讨论，而这是最为有效的做法。这正是英格兰议会委员会提出的："夜晚是良好的参谋时光。"不错，在召开的英格兰苏格兰合并问题议事会上面，就因这种做法取得了良好效果，历史表明那是一个慎重有序的会议。因此我强烈主张，议会就应当有一定的日程专议安排事项。这样做将会有效及时地处理并解决请愿者的问题，同时又可以使得国务会议机关有时间讨论具体可行的国家事务，妥善办理当前的紧急要务。

关于各届议会中选举在任的委员会成员这件事情，统筹谋划便是作为一个议事机关预备工作的要务。切记，最好任用那些没有党派成见的人。这样做，要比任用那些正反两个方面都有成见的人要妥善得多。最好也不要任用具备黑白通吃能力的人。要任用中立者，不要造成一种势均力敌的状态。均衡中立之势的办法才是最好的。我个人也比较赞成专业委员会制度，例如负责关于贸易的、财政的、军事的、诉讼方面的以及关于某项特别事务的委员会。因为，如果一个社会，像西班牙那样，没有许多特殊的小型议事机关，而只有一个国家的议事大机关，那么实际上，这一个大机关就等于是一个专业委员会，只不过它们权力更大一些罢了。

由于特殊职业关系，那些想要对国家议事机关进行报告或者陈述的人们，例如律师、海员、铸钱者，等等，首先应当向各个委员会先报告，然后看情况再报给议事机关。同时要注意，他们不可以一拥而来，或者带着一种傲慢不逊的态度进行汇报。如果那样的话，那就是在向议事机关示威，而不是平和陈述了。

陈述时，要摆放一条长桌子或者一张方桌子，抑或靠着大墙排列座位。这些看起来好像都是一些形式上的事情，但实际上这正是比较具体的一些事情。因为在一条长桌旁边，在上端坐的少数人，也就可以指挥操控一切。而在别的座位上，那些坐在下位的议事者的意见，是可以更多地被采纳的。这时候，一国之君参与这一个会议的时候，他还应当注意，不可在他的言辞当中过分表达自己的重要意向，否则那些议事人员就会一味看他的脸色，见风使舵，根本不会把自由的意见表达出来，而是要为君主唱上一曲“我主圣明”[1]的赞歌了。

①我主圣明，出自晚祷礼中为逝者唱的圣诗。

# 二十一　论时机

如果幸运也可以在市场上交换，那么在这期间，你就会看见它的价格在不断下落。可是有的时候，它又像是西比拉[①]向皇帝汇报她个人的书价那样：一开始西比拉出售自己整个的物品，然后物品一部分一部分地减少。而与此同时，她仍旧坚持同一价格。她这么做，正如民间谚语所说的：机会先是让你抓住前额的头发，而你不去抓的话，她就变成一个秃头了[②]。或者换一种说法，刚开始至少先让你拿瓶子的提把儿，如果你拿不着，她就要把滚圆的瓶子身子给你，可那太大太滑，是很难捉住的。这个故事的意思是说，在事情一开始的时候，你要善于把握好你的时机，因为再也没有什么比这更明智了。

那些表面看上去足够危险的事，其实并不惊心动魄。只要扛过了一个看上去最危险的时期，往往以后就会柳暗花明。但还要知道的是，一件危险之事临近之刻，如果迎头冲上去加以解决，要比等待时机、长久观望更为有效。对于危险，如果一个人总是犹豫不决，其结果肯定会错过克服险情的最好时机。另一方面，一个人不要过分相信个人的幻觉。幻觉常常是自欺欺人的骗局。比如说，当月亮很低的时候，月光就会把敌人的身影扯得很长，从而让人误上幻影的当——因过早警备而掉入危险的误区。

①西比拉（Sibylla），号称预言女巫。

②参见中世纪学者格里纳欧斯编的《谚语集》。

如上所述，把握时机的成熟与否，必须做到深思熟虑。一般而言，最好是把心中一切大事交给千眼神阿尔加斯一样的人，同时再遣百手巨人布瑞阿瑞欧斯这样的人抓住时机。前面一位关注战局，后面一位执行速战速决的任务。对于一个政治家而言，他从政的方略应该就像神话中的隐身人普鲁托之盔[①]那样，神机妙策，尽在手中，在议论秘密的同时，也在迅速执行任务。而一件事情到了执行之际，迅速就是最好的保密之方。这就好像一颗飞弹在空气中运动一样，飞行之速为人目力所不及。

①隐身人普鲁托（Pluto）：地狱之王。

# 二十二　论狡猾

我认为，狡猾其实就是一种阴险邪恶的小聪明。诚然，一个狡猾的人与一个聪明的人之间存在着很大的差异。我们知道，他们之间的这种差异，不但是在诚实方面，而且还是在才能方面。有些人虽然会配牌，可是打得并不好。有的人在结党营私上面很有一手，在其他方面却一事无成。又比如，懂得一个人的性格习惯是一回事，而能够明白事理又是一回事。因为有许多擅长揣摩别人脾气的人，在真正办事上却不怎么能干。研究人比研究书要难得多。有些人比较适合搞阴谋而不适合议政，因此他们只在自己熟悉的方面还行。如果让他们转手对付新的人物恐怕就不太有把握了。因此，向来有一条识人的基本准则："把他们派到生人面前，你就可以看得出来了。"①

因为这些比较狡猾的人就像小商小贩一样，所以不妨把他们所兜售的那些"商品"抖搂出来看一看：

狡猾之术之一，就是在与人谈话的时候要用你的眼睛随时伺察那个人，就如同耶稣会②的训练规则那样。因为世上有许多聪明的人，他们拥有的隐秘之情尽管潜伏于心，可是常常能够显露在脸上。不过，在察言观色时，也要尽量像训练有素的基督会的人员那样，需要恭敬从命地收眉低目。基本做法就是如此。

---

①公元前4世纪古希腊哲人阿里斯提帕斯语录。

②耶稣会，公元1535年创办于巴黎。

狡猾之术之二就是，当你有了一项比较紧急的请求，而且确实急需办理之际，反而要做到漫不经心，用别的言语跟你交涉的那个人东拉西扯使他不至于过于清醒，同时对于你的要求不加提防，自然而然地提出。比如，我就认识一位管理议事文件和做秘书的人，他前来请求伊丽莎白女王批准紧急文件的时候，没有一次不是先跟女王大肆攀谈一下国家大事。这样一来，女王就不能全心关心那些文件了，所以女王随笔就签了。

狡猾之术之三就是，最好是在人们忙乱之际，做出一些让人意想不到的举动。这就是当某一人不能完全停下来认真考虑你所提出的某一事时，你向他提出某一事的请求，最能达到目的。假如一个人想要阻挠某事，他又恐怕别人将要同样有效地提出否定此事的话，那他最好装出先表示赞同这件事的样子。但是他提出的表达方式却是要与目的正好相反来阻止这件事情的通过。还有的人欲言又止，就如忽然克制了自己的表达似的。这种情况一定会使正在与你交谈的人兴趣增加，从而更想知道你所说的事情。

不管是什么话，被追问讲出来的，总比你自己无缘无故亲口告诉别人的，更有神秘感，而且更有效果。因此有时，你可以为他人的问题设下一个钓饵，其方法就是装出一副与平常不同的脸色，为的是让别人有一个机会，问一问你今天的事端何在。这就犹如尼希米曾经做的那样，“我素来在王面前没有愁容”[①]。在某些难以启齿的不快事情上，你最好的做法就是让那些身份不高的人首先开口，然后再让那些说话有力的人突然闯进，好像偶然听见真相的样子。如此一来，可以使当事者双方都有面子。例如，历史上的纳尔奇苏斯[②]就曾用这一手段，向克罗迪亚报告了

①参见《圣经·旧约·尼希米记》第2章第1节。

②纳尔奇苏斯：古罗马皇帝克罗迪亚的侍臣。

梅萨利娜和西利乌亚斯的秘密婚事。[①]

狡猾之术之四就是，在有些事情上面，如果有的人不大愿意把自己搅在里边，那就借用世人的名义含糊其辞。譬如这么说："你看人家都说……"或者"你听外面有一种传说……"之类。我还知道，有一个人在写信的时候，他总是把最要紧的事情写在信的附言里头，好像那是一件附带的事情一样。我还认得一个人，在他说话的时候，他总是先不提他心中最想要说的话，而是先说开，再说转来，最后说到他想要说的事情，就好像是一件他差不多已经忘了的事一样。

生活中还有一些人，他们想对某个人施行一种计谋时的做法就是，他们在这个人到来时，忽然迎面出来，故意装出一副惊惶失措的样子，仿佛是不期而遇。并且同时，他还故意在自己的手里拿上一封信，或者做出某种他们并不常做的事。这样做的目的，为的是要自然碰上对面的那个人，在问候他时，显得是轻松偶遇。之后，他们之间随意聊起来。而那一个有心术的人，就可以把他心里想要说的话，趁机说出来。

狡猾之术还有一招，就是自己说出某些话来。而这些话，又是从另外一个人那里"鹦鹉学舌"来的。然后他再借此攻击那人。我知道一件这样的事情，在女王伊丽莎白时代有两个人想拼命争取部长一职。但是他们表面上依然交好，并且常常互相商量此事。其中一个说道：在王权衰落的时代，做部长真的是一件很不容易的事，所以他并不怎么多想得到这一个位置。而另外一个也立刻说了类似的话，并且还同他的许多朋友同事谈论，说他在王权衰落的今天，更加没有想做什么部长的私心。于是，第一个人抓住了这句话，设法使女王听见。女王一听到"王权衰落"这

①梅萨利娜和西利乌亚斯的秘密婚事，梅萨利娜是古罗马皇帝克罗迪亚之妻。

种话时，心情大为不悦。从那以后，她就再也不肯听取另一个人的请求了。

另外，生活里还有一种狡猾术，我们英国叫做“锅里翻饼”[①]。即本来甲方对乙方所说的话，甲却赖成是乙说的。老实说，像这样的事端，若是只在两个人之间发生，而我们又要发现到底是谁最先说出来这话的，真的不是一件容易的事。对此，有些人就有一种法子，那就是以否定的口吻辩解，从而影射他人。这就如同是说：“我是不会干这个的。”例如，历史上的提格利纳斯为布鲁斯[②]说话一样，他是这么说的：“他并无二心，而全身心只以皇帝安全为念。”有些人手边常常准备一些有趣的故事，无论他们要暗示什么事端，他们总能够用故事把他想要讲的东西包装起来。这种办法既可以保护自己，又可以使别人乐于听进去你的话。

还有一些人，他把自己想要得到的答复，先用自己的话说出一个大概面貌，而这是狡猾术的上策之一。因为这样的话，可以让与他交谈的人不太为难。有一些人在想说某一种话以前，会等待很久，并且迂回好远，而他所要谈的真正主题远在天边。他开始对你讲别的事情，弯子之大，拐角之多，真是不可思议。不过这也是一种极需要耐心的办法，考验同样不小。生活中，一个出其不意的问题，常常能够让人猛吃一惊。这就好像一个人早就改名换姓后，正在圣保罗教堂周围走来走去之际[③]，忽然一个人从他背后呼唤他的真名，霎时之间他马上回过头去看的样子。

不错，狡猾虽然只是小小道术，但是祸害无穷。而现在把它们一桩一件列举出来，也是一件好事。一国之中，再没有什么

①直译似应为“锅里翻猫”。

②提格利纳斯为罗马皇帝尼禄的宠臣，布鲁斯为尼禄皇帝的太师。

③圣保罗教堂，位于英国伦敦闹市区。

比狡猾冒充明智的做法更有害了。但是世间确有一些人，他们对于某些事，只懂得这些狡猾事的表象，而不明白为什么狡猾之事能够深达人心？这就好像一座房子有很方便的楼梯和门窗，而没有一间好的房间一样。所以，你可以看见他们能在一个事件决议当中，找出许多可以取巧的漏洞，而又完全不能审视或者辩论这些议事。然而他们却常常利用他们的短处，令人相信他们是能够发号施令，善于替人作出决断而不善于跟人正面讨论的人。这些人做事的基本方法，就是在欺骗他人和在他人身上玩把戏，而不在乎他们自己处理国家事务是否坚实可靠。对此，所罗门有言："智者自慎其步骤，愚者转向欺人。"①

①参见《圣经·旧约·箴言》第14章第8节。

# 二十三　论自私

蚂蚁是一种专为自己打算又很聪明的小动物，但是当蚂蚁生存于一座果园或者花园里，它就是一种有害的动物了。同样道理，那些只顾自身利益的人，也确是有害于公众的。所以，一个人应当把利己之心与为人之心理智地分开。对自己忠实，也要做到无欺于人，尤其是对于自己的国家和一国君主更应如此。如果把一个人的私利，作为他全部行动的中心，这显然是很不好的。这样做，这个人就完全和地球一样，因为只有地球才是固定在只属于自己中心的位置上。而宇宙中其他一切与天体有关的物质，却是依靠他物为中心而运动的，并且这种运动对于别的物体来说也是有利的。

对于那些让一切事物都围绕自己旋转的人，也是不同人有不同的行为标准的。对于一个君主来说，这方面是情有可原的。因为一个君主做事也并不是专门为了他个人的。也就是说，一个君主的善恶好恶，恐怕也是一国公众安危的中心所在。但是这种情形，若是放在一位君主随从身上，或放在一个国家公民的身上，那这很有可能就是一件极坏之事了。因为无论何事，如果经过此类人之手，他们注定会把那些事作为实现个人私利的途径。而这种行为又一定是与国家利益背道而驰的。因此，一个为人君者，应当选择没有这样一种性情或者习惯的臣仆，来处理国家日常的行政事务。或者，除非他们任用的这些人是办理杂事的。

作为国家的公务人员和权力工具，自私是最大的一种弊病。

一个自私自利的人，常会在行使公众事务上完全失去纲常之宜。那些先顾及臣仆小利而后才顾及国家大业之利益的人，已经是彻头彻尾的大逆不道了。然而有的时候，确实就有一些号称国家公仆之人，竟为个人蝇头小利而不顾国家大利，危害百姓利益，这对国家来说是最为有害的了。这种情形是一些不良官员、财吏、使节、将帅以及其他的奸臣污吏们的种种恶劣行为。这种惯于自谋的个人私情，使他们偏离正途，只顾沿循自己的小利与私怨，最终破坏国家大业。然而可怕的是，这一班臣仆却总是深得他们主子的好处和信任，因为他们太会奉承与讨好主子了。

这些人为了烤熟个人家的鸡蛋，却不惜烧毁国家的房屋，所以说他们是更为极端的自私自利者。他们所得到的利益与国家所受的弊害，往往成正比。他们的天性即是如此。还有，在面对私利或者国家这两者做出任何选择时，他们会轻易抛弃国家事业。那些善于玩弄小聪明的人，其实全是一种卑鄙的小聪明，属于老鼠的那一种小聪明——在房屋倒塌以前，一定会抽身逃离的那种老鼠的小聪明；它们也是那些驱逐獾子为自己挖掘洞穴造屋的狐狸的聪明；它们还是那些正在吞噬他物生命时候落下泪水的鳄鱼的聪明。尤其值得注意的是，正如西塞罗和庞培[①]所说的，“爱自己甚于爱任何人的人”往往更是不幸的。他们永远为自己而牺牲他人。他们的结局也终将变为祸福无常的牺牲品。纵然这些人善于为自己打算，可是毕竟，他们不可能束缚住命运之神的翅膀。

---

①庞培（Pompey，公元前106—前48年），古罗马政治家，先后两度成为执政官，身经百战。

# 二十四　论革新

初生之物往往是不美的，一切事物的变化也是如此。纵然如此，也有一些初创家业的人，总比继承前业者更为伟大。那些开风气之先者，常常是后人无法模仿或者企及的。因为一项良好开端可以为后来者树立典范。就人性来讲，恶似乎有一种自然的动力。这种所谓的动力，在不断生长的过程中强大着。而善却仿佛缺少一种原有的动力，而那个动力也只是在开始的时候是最强的。革新路上的每一种药物，无疑都是一种新创事物。而那些不愿意采用新药的人，就要准备生新病了。时间是世界上最大的革新家，假如宇宙会让自然界的事物腐烂的话，而人又没有智慧使世界改良和革新，结局将是不堪设想的。

生活中现有的民风习俗和既成事物，虽然并不见得多么优良，可是它们已经被人们接受，而且适合时世。而那些新生事物的出现，往往与传统旧事不大契合，所以更容易引起种种纠纷。历史并不是亘古不变的。因循守旧，固执本习，也足以导致动荡。而那些过分推尊古昔的人，也将成为世人的笑柄。当世今人在更新革旧当中，最好能以时间作为榜样。时间如梭前行，然而总是安详面世，其来也渐。它的宏阔行为，几乎不为人所觉察。如果新的事物都将被认为是出乎意料的话，社会改革势必会有有损既得利益之嫌。那些受损失的人就会因此抱怨，从而归罪于革新者与革新本身。还有，除非是极为必要而且革新显然有益的时候，否则最好还是不要在国家试行新政。还应当注意，必须进行那些必要的改革变更，而不是喜新厌旧的心理所矫饰出来的改革变更。一种革新的举动，虽然不一定非要拒绝，但也应当把它认为是一种危险，不可轻易相信。正如《圣经》上所说："你们应当立足古道，然后瞻顾四周，见有正直大道，然后行于其上。"[①]

①参见《圣经·旧约·耶利米书》第6章第16节。

# 二十五　论速度

过分追求速度，是为人做事最大的危险之一。行事求速，好比医学家们所谓的“前消化”[①]或者过速消化一样，只会导致人体当中满含酸液和各种难察的病根。因此，凡事都不可把一个高速度当成进展程度的标准尺度。这就好比在赛跑当中，速度并不是仅仅依靠了跨步大或者举足高就可以达到的。同样道理，在事业上要想达到快捷的方法，在于专心己业而不在于大包大揽。有那么一些人，一心只想显露自己能在短时间内做很多的事，或者把没有办完的事设法掩饰成完成的样子，以图显示出他们是高效之人。然而，以紧密的手段缩短做事时间，是一回事；而以省略手段缩短时间做事，又是另一回事。本来可以一次处理好的事要往返多次，这是无固定的处理之方者。我认识一位有智慧的人，他在看见人家急着想要办完一件事情的时候，就会送上一句话：“再稍等一会儿，我们就可以早点完事了。”

另一方面，真正的快捷其实是一件很有价值的事。因为时间是衡量一项事业的可靠标准，就像金钱是衡量货物的标准一样。所以人们在做事并不一味快捷的时候，那个事业的代价往往就是很高的。斯巴达人和西班牙人曾经以做事迟缓而闻名。他们讲

---

①前消化，一种模拟消化过程的医学术语。

道："让我采用西班牙式的死法吧。"[1]而此法是来得很慢的那种。在现实当中，一定要好好听取那些在实际工作中拥有直接工作经验和丰富资讯的人的意见。如有什么指示，应当在他们报告之前加以说明，而不可在他们说话中间插嘴。因为搅乱谈话次序难免要重复前一个问题。要知道，那些在会场上打断话头，翻来覆去的讲话是最让人讨厌的。有时，那些打断他人发言的人，比那些发言者还要讨厌。

发言时内容多半重复，这是时间上的不必要损失。但是，再也没有什么言语能比着重阐述一个问题更为节省时间了。因为这种办法把许多空洞无关的话都省略掉了。用那些冗长而又过细的言辞表达意思，就像穿上宽袍长裙去赛跑一样。虽然套话好像出自某种谦虚，但事实上也是在摆架子，讲排场。当然，如果他人有了一些阻挠或者相反意见时，也应当留神，不可过分直截了当。因为怀有先入为主见解的人，总是不容人讲话的。这就好像药物热敷能够迅速渗入病体一样。

更为关键的是，做事时的次序分配。比如提纲挈领，或按部就班地参与选择，也是达到敏捷的核心办法所在。当然，只要不是把一个问题分析得过于复杂就可以了。因为那种不善于分析的人，做事会缺乏条理，永远不能把一件事情办得清清楚楚。其实善于选择就是等于节省时间。而那些根本不合时宜的举动，就等于打乱了基本规则。通常而言，一项工作大体上有三个部分：第一是基础准备；第二是讨论或者审查；然后是完成。如果你做事迅速的话，在这三项工作之中，只有中间的那一部分比较有工作量，可以由多一些人来进行。至于第一部分和第三部分，只需少数人就可以完成。[2]先把要讨论的事写一个大纲，然后可以依照

①意大利成语。

②多数人和少数人，分别指英国王，国会和枢密院。

大纲进行商议。只要依照既有方案进行，一般还是有助于快捷办事的。因为即便是原有的那些工作意见或者计划被放弃了，可是有一个起码的准备，总比毫无定见的胡扯有效吧？其中之理，正像炉灰比起灰尘来更加具有肥田效力一样。

# 二十六　论小聪明

生活中有这样一种看法，认为法国人实际上要比他们的外表更加聪明一些，而西班牙人的外表看上去又比他们实际上更加智慧。但是，不论这两国人的所谓聪慧的情形是否真的如此，反正这一情形却值得深思一下。比如，圣保罗关于虔敬有这样的描述："只有虔敬的外貌，却失掉了虔敬的实意。"与此相似的是，人世之间，尽管有的人看似聪明，但却没有聪明的实质。有那么一点"以大力做细事"的外表。这样一些徒有形式的人，到底有什么手腕并且利用了什么样的手法，能使他们虚华的外表仿佛拥有相当深厚的实力呢？这些，在一个拥有真知灼见的人看来，真的是一件可笑而又具有讽刺性的事情。

确实，生活中的有些人是很隐秘的，隐秘得谨小慎微，仿佛他们的货物非要藏在暗处，见不得光。而且他们好像还常常心里有话，但是从来不肯明讲似的。在他们的心里，自己对有些事情还一知半解的时候，他们却非要装模作样，似乎要让人家以为他们全都知道似的。有一些人善于借助面容、手势等肢体语言，展示他们的聪明招数，他们几乎是靠着姿势讲话的。关于这个，就像西塞罗说庇索[①]的话一样。当庇索对着西塞罗答话的时候，西塞罗对庇索说："你说，你的一条眉毛耸到前额，另一条眉毛弯到了下颏，你不是一个爱好残酷的人。"

①庇索（Piso），即鲁基乌斯·庇索，恺撒的岳父。

有些人以为，只要引用一下豪言壮语，那他讲的话就一定不容置疑了。而且他会继续讲下去，把自己不可能证实的话视为真理，叫人接受。更有一些人听了这些话，对于他们不懂的事也都要装出瞧不起的样子，认为是无聊或者离奇古怪而给予蔑视。他们以为这样做了，愚昧就变成了有见识了。还有一些人总会持有不同的见解，他们通常以一种巧辩术来娱人，总是借助外题而离开了本题。关于这种人的种种言行，亚·戈利乌斯有一句名言来形容他们，说："一个疯子，一个用字句上的穿凿附会破坏大事的人。"①

关于上面这种人，柏拉图在他的《对话录》当中，曾经引入了普罗塔哥拉斯这个人，作为嘲笑的对象。柏拉图让此人说了一番话，而这一篇大话从头到尾，全都是标新立异，闪烁其辞，一派空言。而这样的人在议论当中，总是喜欢站在所谓的否定立场上，希望由此而一举成名。因为各种提交给会议的提案一经否决就算完事了，但是如果提案一经通过，那就需要进行新一轮审核了。这种玩小聪明的治国之策，其实是一种大害。这个世上，没有一个生意萧条的商人或者倾家荡产的浪子，为了支持他们的财名，能像这种虚伪的人为了保持他们的徒有才名那样而施展小聪明的诡计。一个假聪明的人也许可以设法得到某些名声。但是千万记住，最好谁也不要任用他们。因为毫无疑问，宁可任用一个有一点荒唐可笑的人，也不可任用一个假聪明的人。

①此语似应当出自罗马学人昆体良，指亚·戈利乌斯之言有误。

# 二十七　论友谊

亚里士多德曾经这样讲过："喜欢孤独的人如果不是野兽便是神灵。"[①]而这句话恰恰混淆了真理和谬说。如果说一个人有一种天生的、隐秘的、憎恨社会的心理，那么这个人在品行上，当然就不免会带上一点野兽本性了。这是很正确的。但是，有人非要说这样的一个人还居然有什么神灵气质，那实在太虚假了。不过，有一点可能是个例外，那就是这种远离甚至憎恶社会的心理，往往并不是出于他们对孤独的坚执爱好，而是来自一种想隐出社会生活从而追求更高生活目标的心理。比如克里特岛人埃庇门笛斯[②]，古代罗马人努马[③]，西西里岛人安培道克利斯[④]以及蒂尔安那人阿波罗尼乌斯等人物。基督教会里面也有一些所谓的隐士和神父之类，亦是如此。

但是一般人并不大明白，为什么世上会有这样的孤独。而且孤独为什么能有这么大的影响。那是因为，在一些没有仁爱的地方，一群人并不能算一个团体。许多社会面目凑在一起也仅仅是一幅图画，而他们的交谈也不过是像铙钹一般，丁零作响而已[⑤]。关于这样的情形，有一句拉丁成语最适合用来形容它了：

①参见亚里士多德《政治学》第1章第2节。

②埃庇门笛斯，公元前6世纪古希腊哲学家和诗人。

③努马（Numa），罗马第二代君主。

④安培道克利斯，公元前5世纪西西里哲学家。

⑤参见《圣经·新约·哥林多前书》第1章第1节。

"一座大城市其实也就是一片大的荒野。"因为在一座大城市里，许多朋友都是散居各处的。所以不大像在比较小的城镇里那样，人的交情还算纯朴。但是这里，我们不妨进一步加以说明，那些缺乏真正朋友的人，常常是最为孤独最为可怜的人。没有友谊的生存之世，不过是一片荒野。所以我们还可以用这样一个定义来讨论这个"孤独"的说法。那些凡是天性不适于交朋友的人，他们的性情也可以说是来自禽兽，而不是来自人类。

人类友谊的主要作用之一，应当是使人心中的积郁之气得到宣泄和释放。要知道，人的这些不平之气是人的各种情感引起的。闭塞之症，对于个人的身体是最为危险的东西。我们要客观地对待它，认真有效地调整自己。我们还要知道，在人的精神和情感方面，也有多种多样的病症，亟待克服。比如你可以服用一些沙沙帕尔拉①，用来通肝畅气；还可以服用铁质粉丸用来活脾；服用硫磺粉则可润肺；服用海狸胶可以理脑之昏。虽然这些药物很有用途，可是药物却绝对不如一个真心实意的朋友通心。面对一个真心好友，你可以完全倾吐你的忧愁、欢乐、恐惧、希望、疑忌、忠告，还有任何在你身上和你心里面压抑着你的事情。你对朋友的真言，犹如教堂之外的世俗忏悔一样。

世上有许多最伟大的人，他们也是人们珍视友谊的典范。要知道，古代的一国帝王对于我们这里所说的人间友谊，也是极为重视的。对于友谊的看法，帝王与我们普通人比较起来，基本没有什么两样。帝王之所以重视友谊，且不顾自己的尊荣和身价恳以求之，这是令人尊重的事情。一名身为君王的人物，由于他与平民之间地位的悬殊，几乎是不大可能享受到平凡的友谊的。除非他们一心一意，为了能使自己享受到平凡友谊不顾身份，把某些人升到近人的地位。然而这样做的结果，往往大有不便之处。

①沙沙帕尔拉，一种治疗梅毒和风湿的药物。

像这样的人，一般把他们叫做宠臣或者亲信。好像他们能上升到这种地位，仅仅是因为自己主子的恩惠和意愿。然而，在古罗马语言当中，关于这些宠臣或者亲信攀升的字眼，叫做Participes curarum，也就是帝王的“分忧者”。[①]

像这样的君臣之交，并不仅仅限于懦弱无能的君主。其实一些最有实力和智谋的君王往往也会与朝中的某个人结交，呼之为友，并且让旁人也以君王之友人，称呼这个人。如此一来，君臣之间所用的这种称谓，也就和普通生活中的私人关系没什么两样了。

比如苏拉统治古罗马的时候，他曾经把朋友庞培提升到了很高的地位（也就是后来被人称为“伟大的”庞培）。不料庞培高升以后，竟然认为苏拉也没有什么了不起的。之所以这样，是因为有一次庞培不顾苏拉的好恶，坚持为他的一个朋友争到了执政官之职，而且这更与苏拉所推举的人选相冲突。在苏拉对此表示不满甚至开始与庞培争吵的时候，庞培居然反唇相讥，叫苏拉不要多言。庞培这样说：“朝拜朝阳的人一定多过朝拜夕阳的人。”

在人类历史上，恺撒大帝就是轻信了手下的那位叫基德摩斯·布鲁塔斯[②]的人。当后者身份甚至达到了能影响恺撒发号施令的时候，恺撒便控制不了他了。而且，此人竟然还能使恺撒在其遗嘱当中立他为次承继人选——地位仅仅次于恺撒的孙外甥[③]。同时，这个人也非常勇敢，也是拥有强大能力足以致恺撒死地的人。有例为证，当时一次皇家会议上，恺撒有一些不祥的预兆，尤其是考虑到妻子克尔波尼亚之前有一场噩梦的缘故，想

①分忧者，罗马皇帝泰比瑞亚斯赐给臣子西亚努斯的名号。

②基德摩斯·布鲁塔斯，致恺撒于死地的恺撒宠将。

③此人是后来的奥古斯都大帝。

使当届的参议院先行停会，改期再开。而在这个时候，只有布鲁塔斯起身轻轻挽着恺撒的胳膊，把他从椅子上扶了起来，并且告诉恺撒，希望恺撒不要马上就叫参议院停会，而是等恺撒夫人做一场好梦之后再马上开会。这一大胆建议，足见基德摩斯·布鲁塔斯受到的隆宠。

安东尼在一封信里曾经称呼那位基德摩斯·布鲁塔斯为“妖人”。这封信在西塞罗的攻击演说当中，曾经被一字不漏地引用过。信中指出，好像布鲁塔斯用了什么邪术迷惑住了恺撒。不然他怎么会如此深获宠幸？阿葛瑞帕[①]虽然出身微贱，但是奥古斯都却把他抬升到了一个很高的地位。以致到了后来，当奥古斯都以他的女儿朱莉亚的婚事问麦西那斯[②]的时候，麦西那斯竟然敢说：“你必须把你的女儿嫁给阿葛瑞帕，否则就得把阿葛瑞帕杀掉。除此之外没有第三条路可走，因为你已经把阿葛瑞帕造就得太伟大了。”还有一个例子说，提比略把西亚努斯升到很高的位置，世人皆认为他们是一对佳友。提比略在致西亚努斯的一封信里写道：“为了我们友谊，我没有把这些事情对你隐瞒。”并且整个参议院给该“友谊”特别建造了一座祭坛，就好像一位“友谊”女神一样，热情表彰了他们二人之间亲密的“友谊”。

历史上的此类事件不胜枚举。比如我们可以从塞委拉斯与普劳蒂亚努斯的亲家关系上，略见他们的所谓友情。当时，塞委拉斯竟然强迫他儿子娶了普劳蒂亚努斯的女儿为妻[③]，并且含垢容忍普劳蒂亚努斯欺凌自己儿子的行为，并且还以这样的言辞下诏参议院：“我爱其人如此之深，愿其能后我而死也。”假如上面

①阿葛瑞帕，古罗马重臣之一，生于公元前63年。

②麦西那斯，奥古斯都大帝的挚友和重臣。

③普劳蒂亚努斯，公元3世纪古罗马将军。

这些君王是图拉真[①]或者马可乌斯、奥瑞利亚斯等人，那么我们也许可以认为，像上面的那些举动还是出自比较良善的用心的。但是要知道，这些君王都很有智谋，精神强健而严厉，且是极端自私之人。然而他们竟然如此委屈求全，就足以证明，尽管他们的幸福虽然已达人间巅峰，但是仍然觉得若是没有朋友，则这种幸福终究是残缺不全的。更有甚者，这些君主又都是有妻有子有甥侄的人，但是后者竟不能使他们拥有朋友之乐。

康明奈亚斯[②]关于他的第一位主子勇敢的查理公爵的分析一针见血。康明奈亚斯回忆，自己的主子从来不肯把他的秘密跟任何人分享，尤其绝对不肯把那些让他深痛不已的秘密告诉第二个人。对此，康明奈亚斯又继续说道："公爵末日将近的时候，这一种秘而不宣的性情就不免有损于他的理智。"其实，如果康明奈亚斯乐意的话，他对于第二位主人路易十一[③]也大可有同样的断语，因为路易十一世的隐秘确是他自己的灾星。毕达哥拉斯的格言虽然难解，但是它却是真正的格言："我不要吃你的心。"如果说得再厉害一点呢，这个世界上也许没有什么真正的朋友可以让你向着他，对他倾诉自己的心事，说自己是一个吃人心的野人。但是有一件事，却是令人惊奇的，我把它说了出来，这就是我个人关于友谊功用的问题。那就是，向自己的好朋友宣泄私情很可能会产生两种结果：一是它能使欢乐倍增，二是能使忧愁减半。

这个世界上可能还没有什么人因为没有把自己的好事告诉朋友而更为欢乐的；也没有什么人，因为把自己的忧郁告诉了朋友，反而会更加忧郁。生活告诉我们，友谊对于生命的价

①图拉真（Trajan），公元98年至公元117年为罗马皇帝。

②康明奈亚斯（公元1446—1511年），法国学者和社会学家。

③路易十一，公元1461年至公元1483年为法国皇帝。

值，如同炼丹术士们对于“点金石”[①]的狂热追寻。所谓的“点金石”即能够产生魔幻效力的东西。它能叫黄金增倍，也能让黑铁成金。然而，即使我们不去借助这种所谓的术士之道，在普通生活的自然现象当中，也是可以看到这种自然规律的。因为物体相附相合，足以互助滋养对方，同时又可以削弱任何外来的不利影响。大自然的物质况且如此，人心何堪？

友谊除了调节人的情感外，它还具有另外许多功效。比如，它能够滋养并且支配理智。友谊本身也是带有情感色彩的。因为友谊在人的感情方面，如同让人待在烈风暴雨之下。而在理智方面，又能使人从怀疑的黑暗进入白昼。这不仅仅是指一个人从朋友那里得到忠告，即在得到这个忠告之前，任何一位思虑过多的人，如果能够常常与他人沟通并且讨论的话，他的心智与理解能力将会变得清朗起来，而他的思想也会变得更为灵活。于是他的个性生活也会变得更加具有自身秩序。可以看得出来，把这些思想变成言语的时候，他会变得比以往更加聪明。而想要达到这样一种效果，那就快去做吧。一个小时的有益谈话，可能要比一天的沉思更为有效。有的时候，空谈是没有意义的。但是对友人的敞开心扉却是积极和明朗的。塞密斯陶克立斯对波斯王的那些话，说得极有道理，“言语有如一张展览的花毡，图形都是显明的，而思想犹如卷起来的花毡”[②]。

友谊具有的另一功效就是，它可以启发人的理智。当然了，这也不只限于那些只是倾诉忠言的朋友，他们当然是最好的朋友。但是如果没有这样的朋友，一个人要是也能够借助言谈，娱乐个性，增长知识，并且把自己想要表达的思想明白无误地表达出来，那该多好啊。而且同时，还可以把自己的机智之刃磨得更

①古代传说中的点金石能够让人延年益寿。

②塞密斯陶克立斯，雅典民主派政治家。

加锋利：磨刃于石，刃锐而石固。一个人与其让自己的思想窒息而泯灭，还不如向雕像或者图画吐露心声。

一个流俗的人，常常可以注意到一点，那就是朋友的忠告。赫拉克里特在他的隐语当中说得很好：“初始之光永远最亮。”[①]一个人应当习惯从另一个人的忠告当中，收获一些光明的善言。对比别人的能力，提高自己的理解力和判断力，这无疑是一件幸福的事。

因此我们就想到了，在朋友的忠告与自己的主张之间，还是有一定差别的。这就好像一个良友忠告与谄佞建议之间也是有差别的一样。因为人自己才是最大的献媚者。而真心面对好友的苦心忠告，才是抵御那种自以为是的一副良药。其实，我们生活里，忠告比比皆是。忠告通常有两种：一种是关于行为的，另一种是关于事业的。说到第一种，它是朋友的忠言规谏，是最能够让人保持心神健康的预防药物。对于个人心头的严厉自责，那只是一种过于酷烈的毒药。读一本劝善的好书不免有些沉闷，在别人的身上观察自己的错误，有的时候恐与自己的情况不大相符。而最好的药方，最为有效并且最易服用的药，就是朋友的忠告。有许多人尤其是那些伟大的人们，也许是因为没有什么朋友向他们忠告，有时会做出一些极度谬误的事情，致使他们的名声和境遇大受损失。这种情形看起来有些让人惊异。可是正如圣雅各所说的：“虽然有的时候照了照镜子，但是仍然记不住自己的嘴脸。”[②]

谈到人事业方面的忠告，一个人也许会认为，两只眼睛看见的东西，并不一定就比一只眼睛看见的更多。或者他们以为，一个局内的人看见的东西总要比旁观者多。还以为，一个

①参见古希腊哲人赫拉克里特对此言的充分解释。

②参见《圣经·新约·雅各书》第1章第23和24节。

正在发怒的人，和一个默数二十六个字母的人，都是一样聪明的。他们也可能认为，一支旧式的毛瑟枪，靠在肩上射击和托在架子上射击的结果，应该同样准确有力。确实，他完全可以拥有许多诸如此类的想象空间，让自以为是的胃口尝尽快感。然而问题是，只要他真的尝试过了，他就会发现能使个人事业上的错误得以纠正的人，应当还是那些不趋炎附势的朋友。比如在某一件事情上面，专门去问某一个个人，而在另一件事情上面，又去专门请教另一个人。不错，这样的办法也很好。这就是说，总比他全然不闻不问好。可是他这样做需要冒两种风险：一种是他得不到真实的忠告，因为忠告必须来自一位完全诚心的朋友，否则事实也许会有歪曲的危险。这里所要谈的另一种危险是：他所得的忠告，将成为一种有害的令人不安的言论，尽管有时候这种忠告用意也是好的。也就是说，其中有一半却是要招致祸患，而另外一半又是企图预防祸患的。好比你生了病请医生，而这位医生虽然被认为能够医治你的病，但他却有些不熟悉你的体质。因此他也许会使你目前的疾病当下解除了，但是病体痊愈的同时又将危害到你健康的另外某个方面。其结果呢，是治了病而又害了病人。现实生活中，只有一个彻底明白你事业境遇的知心朋友才不会这样做。他会时刻提醒你小心注意，以免因为急切推进你目前的事业，而使你在其他方面受到损失。所以切记，你最好不要一味听从那些零星碎片式的所谓人情忠告。因为它们很可能会产生扰乱和误导作用。世界上最好的忠告目的在于尽可能多地起到安定和指导作用。

在谈过了关于友谊如此高贵的两种功效，即人的心情平和与理智扶助以后，我们还需注意到友谊的一种特殊功效。这种功效犹如石榴多核。一个良师益友对于一个人的忠告，适合于各种行为，适合于各种需要。忠告可能在任何地方都产生效应。在这一点上，要是把友谊的多种功效明显生动地表现出来，最好的方法是计算一下一个人身上有多少事情是可以不依靠他自己的力量就能办到的。这样经过计算之后，我们大致就可以看出友谊的力量了。这正如古人所讲，“真正的朋友就是另外一个自己”。这句话其实很有意思，看上去它仿佛是一句与事实相去甚远的话，其实不然。因为我们知道，有时候一个朋友比起一个人自身的用处，要大得更多。人的生命是有限的，有许多人在没有实现他最大的心愿时就已离去。比如子女婚事、工作事业等等。他可能在完成这些心愿之前，就死去了。要是一个人身边有了一位真心的朋友，那么他这些心愿也许就可以在他身后，由他的朋友给予实现。因为他知道，那些未竟之事，在他死了以后会有人帮助完成的。如此一来，这一个人在完成事业的心愿上面，可以说是有两条生命了。

一个人只有一个身体，而这个身体也只是限于一个地方。但是假如他有真正的朋友，那么他所有的人生大事，都可以有人去办理。就是他自己不能去的地方，他的朋友也可以代替他。此外，还有很多事由于个人的脸面关系，而不能自己亲自办的，都可以由朋友代为办理。一个人很少会进行自我矜夸，但却可以由朋友来谦虚地宣扬自己的美德。还有时候为了一件事，不能低三下四去恳求别人，这时朋友就可以出面了。生活中诸如此类的事情很多。然而所有这些事情，在一个当事人自己嘴里说出来，未免不大好，但是从一位的朋友的嘴里说出来，效果可能要好得多。如此看来，一个人还有许多社会身份上的层层关系，这是他不能不考虑和顾及的。例如，一个人对他的儿子讲话，不得不保持父亲的身份。他对妻子讲话，不得不保持丈夫的身份。而他对自己的仇人讲话，又绝对会顾虑到自己的体面。但是他对朋友讲话，就可以不必顾虑什么了，随意开口，就事论事。对于这些例证，要完完全全列举出来是不大可能的。一个人若是有某种事情，他自己不能做得更加体面的话，那么我对他只有一条告诫可说，那就是，如果他没有朋友，那就自认倒霉吧。

# 二十八　论消费

财富的用途在于消费。而消费的目的是为了脸上有光或者赢得善名。因此对于那些特别的消费项目，应当以其价值高低作为消费原则。比如为了国家或为了天国，人的消费也是可以因人而异，自甘贫富的。也就是说，普通消费者应当以他个人的实际财产为标尺，不可滥用财富，并要管理得宜，务必使个人消费适可而止，而不要超出收入，同时还要防止家室仆役的欺骗。在花钱时，还应当尽量凭个人实力低估一下开销。假如一个人仅仅想要达到收支平衡的话，那么他日常的支出应当最好相当于他收入的一半。如果他想要变得富有的话，那么他的支出就应当占收入的三分之一。

纵使你是一位有头有脸的大人物，那么平时依然还要自觉检点一下个人财产，而这也不算是一件有失身份的事情。如果一些人有所顾忌而不肯如此的话，那么究其原因，可能并不是他不大愿意理财，而恐怕由于担心发现个人财务的破产，而心生烦恼。可是还要再想想，如果人身上有创伤而不及时加以检查治疗的话，那么就会贻害终身的。那些完全不会管理个人财务的人，就需要挑选合适人选来为自己理财了。当然，还要经常换用理财者，不要固定不变，因为一位新的理财人选肯定会比较胆小，坏心思也少一点。那些平常基本上不过问个人财产的人，最好每年或定期把个人的收支账目进行一次核查。

一个人如果在某个项目上消费比较多的话，那么必须要在别的方面节省一点。比如他爱吃喝，那么他就应当在衣着妆扮上面节省一点。要是他在住房上已经很讲究了，那么他就应当在马厩上面平常一点。生活里的许多方面都是这样，有点拆东墙补西墙的意思。因为平时在任何事上都大手大脚的人，肯定是要陷入困境的。还有，一个人在偿还债务的时候，最好不要太急，想要一举还清跟长期欠债是一样不好的。应当分期分批地偿还个人债务，还要让自己养成勤俭持家的习性。

再有，那些一举还清债务的人，常常可能还会去借债。因为他一旦忽然发现自己没有债务困难的时候，就会旧态复发。一个人不可养成轻视消费小节的习惯。一般而言，与其低三下四图谋小利，倒不如用心减少一点个人日常零用更为得体。一个人在自己的经济生活上，如果一开始就担负了许多外债的话，那么就要真的很小心了。注意，一定不可以贸然借债。但是，在那些可能只有一次而没有下次的消费上，则不妨学得稍微大方一点。

# 二十九　论强国之道

在一次宴会上，有人想请雅典人塞密斯陶克立斯[①]弹琴。可是这个雅典人回答："我不会弹琴。可是我可以把一个小城镇建设成一座大都市。"塞密斯陶克立斯的这句话未免有点居功自傲了。他的这句话听上去用来表彰他的业绩，显得口气太大，有些不妥。但是如果用来谈论别人的话，那么它应当算是一件比较贤明的评价了。此处我们引申一下这句话的说法，就可以从中看出不同国家执政者所表现出来的不同才能。因为如果认真观察一下那些参政议事的官员们，也许就可以发现，那些能让小城镇变成大都市的人，确实可能不会抚琴弄弦。同样的，那些精通琴术的人，却可能不会把小镇变成大城。我的意思是，那些没有治理国家才能的人，会把一个有望兴盛的国家带入衰败凋零的境遇中。

在此，我还想谈的是，那些只会玩弄琴艺的人的技巧，也可算是惊人的。社会上许多王公贵族正是借弹琴之技邀宠主子，沽名钓誉。但是，他们的确是除了专门弄琴之外，恐怕别的事情也不会了。不过他们的琴艺也是专有技能，于人于己往往只是一时之欢，可以在宴会上展示炫耀。但是，这些琴艺对于国家昌盛、民众幸福、社会进步无所补益。当然，也有一些迷恋琴艺的王公贵族、士卿大夫之流，在自己的岗位上还足

①参见普鲁塔克《希腊罗马名人传·塞密斯陶克立斯篇》。

以称职，好歹能够应付某些国事，不至于让一般事务陷于难解的困境。可是，如果要让他们去提升国力、增加财富、富裕人民，那么他们就力不从心了。

现在，我们暂且不管做事的人怎么样，且谈事务本身，即一个国家的真正伟大之处以及达到这种情形的方法。这是一个值得英主常常考虑的问题，他们既可以不至于过分相信自己的力量而多事妄为，虚耗实力；又可以不至于过于鄙视自己而屈尊妄从怯懦的计议。一个国家疆土的大小是可以测量出来的；这个国家的财赋收入拥有多少也是可以计算的；而且这一国家的人口也是可以通过户口卷册获得了解的；而国家的城镇面积大小也可以由图表获知。但是问题是，在一个国家的众多事务当中，却没有什么比这一国家实体力量更难以估计和推断的了。就连上帝都把天国比喻成一粒芥菜种子[①]，而不是把天国比喻成一个巨大的果核或大种子。然而，不论这粒种子是大是小，它都拥有一种能够迅速发芽、成长壮大的特性。

世界上确有一些国家的疆土面积很广大，可是它们的君主并不能有效运用自己的国力或者良好地治理国土。可是世界上还有一些国家，虽然幅员不大，但是却犹如一株极具生命力的微小植物，能够迅速成长为参天大树。但是，如果一个国家的人民的体质、精神面貌都不是最好的话，那么即使它拥有城墙、武器、战车、骏马、巨象、大炮等等，也只不过是一只披着狮皮的绵羊，徒有虚名而已。如果一个国家的民众没有勇气，那么兵士再多也不顶用。这种状况正如维吉尔所说的，“一只恶狼从来不在意面前有多少只绵羊”[②]。

---

①参见《圣经·新约·马太福音》第13章第31节。

②参见维吉尔《牧歌》第七首。

在阿尔比拉平原[1]上，波斯的军队汹涌浩荡，形同人海。强大的波斯军威让马其顿亚历山大的部分民众紧张起来。这时，亚历山大军队的一个将领来到他面前，建议军队夜间发起进攻。但有意思的是，亚历山大却理直气壮地说："可是我不愿意偷偷摸摸地打胜仗。"结果，亚历山大最终打败了敌人。还有，亚米尼亚王蒂格拉奈斯一世[2]率领四十万大军，耀武扬威向罗马军队叫阵。当亚米尼亚王军队的领军人物看见对面的罗马军队不过一万四千人时，蒂格拉奈斯取笑说："那些人要是做使节显得太多了，可是来打仗就未免太少了。"但是战局恰恰相反，仗打到日落之时，四十万大兵已经让一万四千人打得丢盔卸甲，溃逃而去。历史上，这种以少胜多的战例是很多的。因此我们不妨下一个结论，任何国家若要强大，首要的在于拥有足够的民心和士气。

民间有一句俗语这么讲道："金钱是战争的肌肉。"这是一句老话，虽然还有一定道理，但要是整个国民的精神卑污颓靡的话，那么金钱再多也打不赢战争。

当利底亚国王克瑞萨斯[3]向雅典人梭伦[4]炫耀他个人的财富时，梭伦却对克瑞萨斯说道："陛下，你的这些财富其实并无主人。财富只能属于真正强大的人。"所以在我看来，任何一位君王都应当明白，除非他自己的军队是最优良骁勇的，否则最好不要对自己的力量估计过高。而另一方面，那些具有好战心的臣民和君主，应当了解和把握自己的实力，除非这些人能力不行。至于那些用金钱募集的雇佣军，只能在国民力量不够的时候，才可以暂时用用。所有例子都已证明，任何一个倚仗所谓的雇佣军而

---

①阿尔比拉（Arbela）平原，位于今日伊拉克北部以西52公里的高加米拉。

②蒂格拉奈斯一世，公元前96年登上王位，曾经主管叙利亚全部。

③克瑞萨斯，公元前560年即王位。

④雅典人梭伦（公元前639—前559年），古希腊立法者。

保家卫国的政府或君主，虽然可以取一时之救，但是他们的这种美好想法迟早要灰飞烟灭的。

犹大和以萨迦的命运永远都不会一样的，因为同一个民族或者国家，不会既是一只幼狮，同时又是一头负重的驴子[①]。再有，一个背负着过多苛捐杂税的国民，一般也很难英勇善战。经国民同意而征收的租税，比仅由掌权者意愿片面征收的租税，很少会减弱国民的勇气。荷兰的国税就是一个很明显的例子。在某种程度上，英国的特税也是这种情况。要注意的是，我们现在所谈论的，是关于民心的大问题，而不是什么小问题。同样的赋税，不论国民同意与否，都可以用同样的钱袋装起来。但是对于人民的勇气来讲，赋税的作用可就大不相同了。因此可以这样断定，凡是受困于租税繁重之类问题的国民，注定难以建立起强大的国家。

那些凡是有希望强大的国家，都应当十分小心，千万不可以让国内的贵族和绅士阶层繁殖过快。因为这一种畸形，一定会使地本国市民慢慢就变成了贫穷的农奴与村夫。这样一来，就会导致市民的意志沮丧、精神衰颓，最终就变成了上流贵族的农奴而已。这就好像丛林中的情形一样：假如小树苗长得过密，那么就永远都不会长成大树参天的丛林，而只是些杂草丛生的矮树野薮。国家同样如此，如果上流社会的人数过多而且拥杂的话，那么市民阶层必然降为农奴，结果就会导致一百个人中也没有一个能佩戴头盔的，对于那些作为军队中枢的步兵来说尤为明显；这种国家虽有很多的人口，但力量却十分弱小。在这里拿英国和法国比较一下。

虽然英国在疆土和人口方面都不如法国，但是如果两国真要打起仗来的话，那么英国在许多方面都要胜出法国一筹。这是因

①参见《圣经·旧约·创世记》第49章。

为，英国的普通市民能成为优良的兵士，而法国的农奴就不大可能了。在这一点上，英王亨利七世深谋远虑，可谓用意老道，值得钦佩。关于这个亨利七世，我曾经在个人著述《亨利七世传》中有过详细论述。英王亨利七世的功绩是伟大的，他依照本国土地的具体情况，作出专门的建设规定，把田庄农舍规划得整齐划一。比如，凡是田庄农舍必须要有一定限度的田地维持，而这个限度就是，要使那些田庄农舍里的人们生活充裕，不受奴役。这一农村改革制度，使得那些拥有耕地的农人成了他们土地的真正主人，成为市民。[①]这样，亨利七世的现世理想，也就达到了维吉尔所形容的具有十足古代意大利的性质了，也就是一个兵强马壮且土地肥沃的伟大国家。[②]

另外还有一点不可忽视的情形，据我所知也是英国所特有的。这点恐怕除了波兰以外，别的国家再也没有了。那些服侍贵族和绅士的人，他们都是自由人。而这些人表面看属于官僚阶层的随从人员，但是在行军从武方面一点都不劣于普通的自耕农阶层。贵族和绅士之流的生活，荣华富贵，豪气盈门，宾客与礼仪隆盛，而这一旦成为风习之后，表面上似乎能反映国力的强大。话又说回来，如果这些贵族和绅士等上层社会人物是一些拘谨保守的人，则会导致一国武力有所削弱。

无论用何种方法，都一定要像尼布甲尼撒王在梦中所见到的大树那样，让王国的躯干强大到足以支撑起枝叶的程度[③]。一国皇帝或者执政者的本族臣民要同他们所统治的异族在人数上有适当的比例。也就是说，哪怕是一个弱小的民族或者国家，只要他们具有比较开放的心态，拥有兼收并蓄的智勇之策，而且保持民

①参见培根《亨利七世传》。

②参见维吉尔《埃涅阿斯记》第1卷。

③参见《圣经·旧约·但以理书》第4章。

族在一定程度上的单一性，那么他们就可以征服别国，成为一个上等资格的国度。如果相反，那么一个本来就比较弱小的民族或国家就只好自生自灭了。斯巴达人对于外国人的入籍控制是最为严格的了。所以很长时期内，他们总是固守着自己的那个小小的城邦，即使外族大军入侵，他们的国家仍是很稳固的。但是到了他们企图进行扩张之际，他们的躯干反而已不能支持枝叶。于是这时候他们就要覆亡了。

关于对外开放的问题，世界上再也没有哪一个国家能像罗马那样敞开胸怀，拥抱外面的世界了。罗马易于容纳世上的每一名异族人，甚至愿意把自己的公民权授予任何一位归顺罗马的人。正因为他们开放大度的胸怀，让他们网罗了很多精英之士，以至后来罗马成了世界上最大的帝国。罗马人扩大自我的办法多种多样。他们不仅仅把国籍与市民权利送给那些愿意加入罗马的人，而且还极为充分地给予他们更多权利。具体来说，罗马不但把贸易权、婚娶权和承继权给予那些愿意入籍罗马的人，而且还把选举权和被选权给予那些人。同时，这种授权并不只适用于加入罗马籍的那个人，甚至他的家族也可以一起拥有这些权利。不但如此，有时候一个城邦的人，甚至整个小国的人，都可以受到这种待遇。此外，罗马人一直都有良好的移民习惯。由于这一种习惯，罗马这个“植物似的国家”的制度文化，就由本土移植到了异土他乡去了，更把两种不同文化制度有机地融合在一起。

这种全面的开放，让罗马人认为自己属于世界公民。因此，也可以这样说，并不是罗马人走向全世界，而是全世界发展到罗马来了。正是由此种情形出发，罗马人的制度从自我推向了世界。我也曾经对西班牙的情况（地地道道的西班牙人是比较少的）感到惊讶。但是我很难想象，他们究竟凭借了什么条件占据并统辖西班牙那么大的属地呢？西班牙本国的疆土的确是一棵高大的树，它比罗马和斯巴达初兴的时候，都要强盛多了。虽然西班牙人并没有在制度上准许任何人入籍的惯例，可是他们也有过类似于此的入籍办法，就是西班牙人曾经面向全世界招募军队。招募来的外国兵士差不多与本国兵士毫无二致。非但如此，有时候更甚的是，西班牙军队的高级将领也有他们招募来的异族人。今天我们从西班牙国王菲利普颁布的特诏可以看出，西班牙现在对于本国人口不足的情况深感忧虑。

我们可以看到，那些需要在室内坐着操作机器的手工技艺，以及精密工艺的制造等，本身就与尚武的心理不合。一般而言，所有好战的民族都有一点游猎习性，他们偏爱冒险超过热爱手工劳作。如果我们要他们依旧保持原先的尚武精神，那么我们就不可过于禁制或改造他们的习性。因此，斯巴达、雅典、罗马以及其他一些尚武的古老国家，大多都有正当蓄养奴隶、让其从事那些艰苦劳作的习惯。但是后来，奴隶制度渐渐被基督教的教律废除了。不过曾经存在一种与奴隶制度相近的办法，就是把大部分需要技艺的活计让异族人去做。同时，那些异族人也会为了这个工作而留在他所生活的国家里。此刻，主政者把本国多数普通民众限制在三种工作上：职业耕者、自由仆役以及体力工匠，比如铁匠、泥瓦匠、木匠等。但是正式军人不算在内。

这里有一个重要的问题，如果想让一个国家昌盛强大，树立威权，那么整个国民就必须把军事素质当做一种举国荣誉、必备知识和重要职业来对待。而我刚刚在上面所说的那些，不过只是一国军事力量的准备条件而已。但是若没有最起码的目的和行动的话，那么准备又有什么用呢？不管罗穆卢斯的死是传说还是寓言，总之他死了以后[①]，他给罗马人留下了一个忠告，就是首先要重视军事力量。如果照此做了，那么它就会成为世界上最大的

---

①罗穆卢斯，相传是特洛伊英雄埃涅阿斯的后代，古城罗马创建者。

帝国。斯巴达人的国家结构就是由这样一个目标而构成的。波斯人和马其顿人在历史上也有过一瞬这样的辉煌时期。高卢人、日耳曼人、哥特人、萨克逊人、诺曼人以及其他一些民族，也是在他们的时代里，功绩耀眼。土耳其人如今仍然很强大，尽管现在他们已经退步和衰颓了。在基督教区域中，拥有这种情形的欧洲国家，实际上只有西班牙了。这种必然的强盛国势，大家对此有目共睹。这里我还要再重申一下，即一个没有强大军事力量的国家，是没有希望突然变得强大起来的。

相反，那些长期以军事统治的国家，比如罗马和土耳其，他们在历史上虽然也能够成大业立伟功，但那是用刀枪书写的历史，况且也仅仅只存在于某一历史时期。历史上特别强调有军事素养的国家，他们确实也曾因为其军事力量变成强大帝国。这样一种国力厚实的情形，纵使到了后来他们国力衰颓，但其先前业绩的声名仍然存在，还能以先前遗存的国威作为本国存活的强大支持。同强大相关的，就是一个国家最好具有一些既定法律或者风俗。这些法律或风俗主要是在战争之前，给自己的开仗找一个正当理由。因为在人的天性之中，有一种所谓天赋的公道。除非有一点点正当的战争依据和理由，哪怕有一点点勉强的理由，否则人们一般是不肯发动和参与战争的。比如土耳其属地苏丹为了开战，常常以传播宗教作为理由。只有这么做，才能使他们永远师出有名。古罗马人在开疆拓土方面成功有道，而且他们一直把这一举动看做是统兵将帅的巨大荣耀。但是，罗马人并不认为主动开战是一个好的战争理由。

还应当看到，凡是渴求强大的国家，总会十分注意这样两点：第一点，对于他国的侮辱与伤害，要保持高度的敏感性和一定的容忍度，不论侮辱伤害来自哪里，有多强大，如何侮辱本国人民等。换言之，对于侮辱与伤害，可以暂时忍耐而不可忍耐过久。第二点，应当时刻准备出兵救助遇险的同盟国家。这就如同古罗马人从来都是援救他国一样；只要有敌国来犯，古罗马人总是首先赴援，绝不让别国捷足先登。像罗马人为了希腊的自由而战[①]，像斯巴达人和雅典人为了建立民主政治和或者推翻寡头政治而战[②]，像某一国家假借所谓公道或者人道的名义，前来解除其他国家的所谓专制压迫等，不论古代人为了拥护某一派还是因为类似原因而发起的战争，究竟有什么正当理由，总之，凡是没有正当理由就开战的国家，也不必指望它能真正强大起来。

人的身体如果总不运动，那么体质就会逐渐衰弱下来。对于身体而言，这是毫无疑问的。对于国家而言也是如此。无论是对王国还是对共和国来讲，一个号称有理由的光荣的战争，应是一种真实可靠的运动。内战之事，犹如患病或者发热。而对外作战则就像发热一样的运动，可以保持身体健康。因为在糜烂的太平日子里，民气会日渐萎靡，民德会日渐腐朽。但是，为了国家的强大，每个国民都需要在心理和行动上作扛枪打仗的准备，而这是很有必要的。现实世界就是如此。一支能够久经沙场战无不胜的军事力量，自然而然就拥有了一定的权威，也拥有对邻邦发号施令的权力，或者至少能够达到同等名誉。比如历史上的西班牙就是一个很明显的例子。西班牙差不多在欧洲各个地方都长期驻兵，且都是精锐之师。这种状况已经持续了120多年了。

在历史上，一个国家如果能够成为海上霸主，那它就等于成为一个强大帝国了。西塞罗曾经致书阿蒂苦斯论述庞培对于恺撒的军事准备时，曾经这样说道："庞培所遵循的是一种真正的

①指第二次马其顿之战。

②指伯罗奔尼撒战争。

塞密斯陶克立斯式的策略。他认为那些掌握海上权力的人，就是掌握一切的人。”[①]毫无疑问，如果庞培没有因为一时自大轻敌而舍舟登陆的话，那么他一定会使恺撒大军疲于奔命甚至全军覆没。海战的重大影响，是显而易见的。比如埃克兴之战[②]决定了罗马帝国[③]的命运。勒班陀之战[④]消除了土耳其人的水上强横。有很多例子说明海上之战是最后的决战。对于这种情形，一国要凭海战来决定胜负，至少可以确定的是，只有实现了海上优势，才能更加自由取胜。在战争中，这种海上优势不是可多可少、随心所欲的。恰恰相反，那些号称陆军最强大的国家，却往往受到极大的威胁。

毋庸置疑，在今天的欧洲诸国中，英国的海上势力是一项显著的长处，而这一势力更是大不列颠主要的天赋之一。因为欧洲各国并不是纯粹的内陆国家，国境大部分都面临海洋，可以直接从海上进入。再者，东西印度[⑤]土地上的大部分财富，似乎只有享有海上霸权的国家才可能获得。

古代的战争给人带来了光辉与荣耀。相比之下，现代战争简直就是在黑暗中打斗的儿戏。为了激励士气，现在世界上也有像爵位勋章之类的奖励办法。不过这些不过是随意授予的玩意儿，甚至都不分是否是军人。但是早在古代，战事胜利的地点都是相当庄严肃穆的。在那里，胜利者树立起高耸的纪念碑，制作了精美的象征纪念品，编写了心中的追悼颂辞。他们伫立于纪念阵亡

---

①庞培在公元前48年的法萨罗之役中败给恺撒。

②埃克兴之战，公元前31年屋大维在此次战役中击败安东尼，从而终结了罗马内战。

③罗马帝国，罗马内战结束后，屋大维建立罗马帝国。

④勒班陀之战，公元1571年10月西班牙海上大战土耳其。

⑤东西印度，西方人一般来指印度和印度支那半岛。这是一个不大准确的地理指带名词。

将士的墓茔与碑坊之前，奖给牺牲的战友哀荣的花冠。有的借用各大君王的口号emperor[①]欢呼庆祝，还有的举起大元帅的名字游行和凯旋。参军或复员时那些丰盛的犒赏和荣耀，是能够鼓起民众的勇气的。

在这里，最重要的事莫过于罗马人的胜利凯旋。而这种大规模的凯旋仪式，并不仅仅是一种仪式或者炫耀，而是一种极其智慧而又伟大的国家制度。因为这里至少包含着三样内容：第一，在将帅方面是一种尊荣；第二，在国库方面，战利品增加了财富；第三，在军队方面，更是一种光荣赏赐。不过这些特殊尊荣，也许并不适于某些君主国的情况，除非把战争功勋归于君主本人或者他的子女。比如，后来的罗马帝王就把自己或者子女曾经参加的战役的凯旋仪式中的主角设为自己或者子女们。可是普通将领或士兵打了胜仗归来时，也只会获得由统兵将领颁发的战袍和勋章[②]。总而言之，其中道理就如同《圣经》所说的：谁也不能因为用了一点心思的缘故，就把“人体加高一寸”[③]。但是，在整个王国或者共和国当中，君主或者执政者可以凭借权力使他们的国家进步强大。因为，假如当局肯把我上面所论及的那些法令、章程、习俗等内容，试行并下达给国民，那么他们还是可以给继任者留下强有力的潜力的。然而遗憾的是，对于这些事情，普通人往往不是很注意，而只是随它而去，听天由命。

①emperor，古罗马士兵胜利之后，统帅的欢呼口号，意为“大帅凯旋”。

②古罗马时代，对外打仗凯旋时的一种奖赏。

③参见《圣经·新约·马太福音》第6章第27节。

# 三十　论养生之道

养生有道，并非某种医学道理，而是有它自己的特性。一个人在生活中要学会观察自己、休养自己，久而久之，他也就掌握了一些有益自己身心健康的知识。这些平常的养生知识，就是生活里最好的保健药品。但是要记住，在这些养生之道中，还有这样一些必要的养生心理常识，比如“看，这个对我的身体不合适，所以我不需要它了”这种观念肯定比“那个东西好像对我没什么害处，我试着用一下”的观念要好，可能更为有利和适用一些。

年轻的时候身体好，天生的强健之力也许是可以任意挥霍和纵容的。但是年轻时候的这些行为，肯定记了一笔账，记在你身体上，等到了你老年的时候，注定是要偿还的。所以，你一定要留心你自己的年岁正在不断增加。你最好不要幻想着永远去做同一件事情，因为年岁是不饶人的。还要记得，在饮食上面最好不要突然变化，暴饮暴食肯定没什么好处。如果万不得已非要变化，那么你在别的方面也要跟上变化，协调配合最为适宜。因为人在身体上的事情跟治理国家事务实质上都是相通的。这就是部分变化不如整个变化来得更为彻底与和谐的原因。

如果把自己的饮食、睡眠、运动、穿戴等日常习惯认真反省一下的话，也许你会发现，有必要将这些习惯当中你认为有害的地方慢慢加以改变，以至最后完全戒掉。但是在这种变化当中，你也要注意，如果你感觉不适的话，那就不要强迫自己，可以暂时回到原来的习惯中。那些大众认为的有益卫生的习惯，对于你来说，只是可供借鉴的，没有必要强迫自己去适应。因为你自己的身体能否适合这些东西还要看你自身的情况。

一个人在日常生活中，最好做到心胸坦然、精神愉快、积极向上。这些基本的东西，才是养生长寿的最好秘诀。至于一个人在自我情感方面，最好应当避免嫉妒、焦虑、压抑、恼怒等事情发生。人生在世，不要过激，比如死钻牛角，高兴过度，长时悲哀，而这些都是应当加以克服的。人的希望与愉快，并不是企图和狂欢。人要不断变换快乐的方式，并不是在乞求纵欲。人要保持好奇的童心，对人间万事怀有新鲜情趣，用光明心理对待一切学问和事物。比如历史故事、神话寓言、自然变化，科学研究等。

如果你在健康的时候厌恶看病吃药，那么到了你需要看病吃药的时候，医药可能会不起作用了。反过来，如果你平日对于延医用药习以为常的话，那么当你的疾病来到时，那些本来有用的医药也会变得不见功效了。我个人认为，与其经常吃药，还不如按照季节变化食用相应的食物，这就是所谓的药补不如食补。因为那些不同的应季食物，是完全有益于你身体里的气血的。与此同时，对于自己身体上的任何一种病症也不可小视，要及时求医问药。一个人在生病时，尤其需要注意健康。而在健康的时候，要注意个人身体活动。因为平常习惯活动的人，生病时只要注意一下个人饮食，多加调养，病很快就可以好了。

在我看来，塞尔苏斯[①]教人的长寿之道的最主要方面就是，一个人应当习惯不同的生活方式，最好选择有益于自我身心的生活方式。比如禁食与暴食都应当适可而止，而同时要饱食一

①塞尔苏斯（Celsus），公元1世纪古罗马作家和医生。

些。要学会清醒与睡眠相互配合，然而宁可睡足一点。安坐与运动都应当练习，但要着重多运动一些，诸如此类等等。塞尔苏斯要不是一位医生和哲人的话，他是说不出这些话来的。如果依照他所说的办法去做，可以让人的身体得到滋养，增进力量。有些医生比较迁就病人，从而使病人不能迅收治疗之效。有一些医生是严格按照所谓的医学道理看病的，表面谨严，其实对于病人的病情并没有给予充分关注。病人选择医生的时候，最好请一位性情适中的大夫。不过在请医生的时候，固然要注重医生的名望，但是最好是比较熟悉你体质的良医。

# 三十一　论猜疑

猜疑之心犹如蝙蝠。夜行的蝙蝠永远是在盲目中乱飞的。猜疑这种盲目心理会使人精神迷惘，疏远友人，扰乱工作，甚至影响事业的发展。胡乱的猜疑能让君王易施暴政，让丈夫易生嫉妒心，让智慧之人优柔寡断。猜疑其实不是一种心病，而是一种脑病。这种病会让一个天生勇健的人生出猜疑之心。比方说英王亨利七世，世界上恐怕再也没有哪个人比他更加多疑了。同时，世上可能再也没有比他更加强健勇猛的君王了。像亨利七世这样气质的人，猜疑对于他来说并不是十分有害的。因为有这种气质的人，对于猜疑多半是不会贸然接受的。但是对于一个天性畏首畏尾的人来说，他心里的猜疑就容易滋长，乃至影响到他的生活。猜疑多数是因为目光短浅，缺少阅历。因此，爱猜疑的人最好多学习一些知识，开阔自己的视野。

那么生活当中，人们究竟为什么会有猜疑之心呢？难道他们认为与自己交往的人都是圣人吗？难道他们认为，这些人不是会为自己打算的人吗？这些人不是只会忠于自己的人吗？要调剂这种疑虑之心，最好的办法就是对所怀疑的东西在心里要有所警惕，但又不要表露于外。有了这样的防备之心，纵使那些疑念完全没有道理，一个人也可以避免因此而伤及无辜。疑念不过是蚊蝇之类的嗡嗡叫而已。而那些有意助长猜疑的流言就是毒刺。清除猜疑的最好方法，就是开诚布公地把自己的疑心告诉那些被怀疑的人。这样一来，怀疑者对于被怀疑的人肯定就有了比以前更多的了解，同时又可以使被怀疑的人小心留意，以免言行不慎再让人产生猜疑。但是这种办法，对于那些性格卑污的人来说是行不通的。因为这样的人，如果发现有一次自己受到了怀疑，那么将会永远虚伪下去。意大利人有一句格言是“受到猜疑的人不必忠实于责任”。这句话的意思好像就是说猜疑之心阻碍了忠诚似的。其实，受到猜疑的时候被猜疑者应该更加忠诚才对。

# 三十二　论言论

世上有一些人，谈论时比较喜欢那些夸夸其谈的所谓横生妙言，却不太注意那种能够识辨真伪的有识之见。仿佛语言形式比思想更有价值。还有一些人，只会谈论某种平日常见的东西，他们的话题总是缺少变化。而这种显得贫乏的事情往往会令人生厌，而且如果一旦被人发现，反而显得比较可笑。人的辞令当中，最为可贵的是那些能够引起别人兴趣的话，以及那些能够丰富自己言语的部分。如果能够做到这样，那么这些谈话的人就很优秀了。比如在谈话的过程中，最好要有一定的幽默话题，在叙事中发表议论，发问当中加入一点个人见解，在诙谐当中调入庄重语气。一个人若是总在谈论同一个问题，那么他的话会使人厌倦。至于诙谐的话，也应当避免几种话题，比如宗教、国事、伟人等等。对于别人身上任何值得怜悯同情的事，谈话时最好要避免辛辣刻薄之气。

正如古人谚语中所说的那样：要善于揽住缰绳，而最好少用鞭子。①

生活中那些喜欢口出恶言的人，总是忽略了那些受伤害者的记忆力和报复心。要知道一个道理，多问多想才会多获收益，而且也会多得他人欢心。尤其当他的问题正好适合被问者的长处的时候，那么提出问题要比直面恭维更现实可靠，而

①参见奥维德《变形记》第2章。

他也可以从中收获到相应的知识。但是如果提问没有掌握好分寸，那么他的询问就有可能变成盘问了。还应当注意，务必使每个人都有说话的机会。如果有人要占有所有时间，那么最好就像乐师对加利亚舞迷的做法那样[①]，设法叫这种人走开，而让别人有开口发言的机会。假如别人认为你知道某些事情，而你却假装不知道的话，那么以后当你真的有了不知道的事情，人家也会以为你是知道的。关于自己的话，最好要少说，而且要保持必要的沉默。我认识一个人，当他看不起某个人的时候，他会这样说："那个人一定很有智慧，因为他对自己无所不知。"

在现实中，一个人若想赞扬自己而又不引起他人反感，恐怕只有一种场合，就是在他赞许别人长处的时候同时表扬一下自己。任何伤害他人的话最好少说，或者干脆不说。因为谈话就像是进入了一片田野，人们可以在里面尽情行走，而不是走进一条大道，直达某个人的家门口。我知道有这样两位贵族，他们都是英国西部的人。其中的一位比较喜欢评论别人，他在家里经常摆宴，用丰盛佳肴招待客人，但却很难让人喜欢。而另外一位常常问那些曾经去赴宴的人："请老实告诉我，在他家宴席上，有没有什么人受到了嘲弄或者被开了玩笑？"对于这个问题，那些做过客的人会告诉他宴会上发生了的事情。那一位贵族接着便说："我早就料到他一定会把一桌好筵席弄坏的。"慎言胜于雄辩，用适当的口气跟对面的人谈话，是比我们口中那些言辞优美、条理井然的句子更为要紧。一个人如果只会讲一篇上等言辞，而不善于与人问答，那么会显得他说话迟滞。如果只是一味应答，而不能讲一些有头有尾的言论，那么会显得这个人的言语浅薄无力。这种情形，就如同我们在动物界所见的一样，不善于长跑的

①加利亚舞，培根时代的一种流行舞。

动物，就像猎犬和野兔那样，一定身手敏捷爱翻跟斗。一个人在说到正题以前，如果叙述过多枝节就会叫人生厌。可是如果全然不顾铺垫，未免又显得太过草率。若能掌握此中分寸，才算是精通谈话的艺术。

# 三十三　论殖民地

殖民地是一种古老的、原始初民的、英雄的业绩[①]之一。人类世界在远古时代就已经大量地繁殖了。但是它现在已然老了，繁殖的人口也就少了。因此，在这里可以这样说，新的殖民地人口是宗主国家的新增人口。我认为，殖民地最好是一片未被开发的土地。也就是说，在那么一个地方进行殖民，无须为培植新生者而拔除旧者。否则，就不算是殖民了，倒可能成了灭民了。培植一个新国家如同造林，必须先预备投资二十年，然后才可能获得收益。大多数殖民地之所以毁灭了，其主要的原因就在于殖民初期，殖民者身上的卑污品质以及利欲熏心的私利毁坏了被殖民国家。不过，如果迅速谋取利润能够与长远利益相符的话，那自然是最为理想的事情。但是更应以一个良性循环为标准，一般不可以超越这个限度。

要知道，把本国人口中的那些败类以及作奸犯科之徒网罗起来，作为殖民新土的人口，肯定是一件可耻之事。不但如此，这种办法还会破坏殖民地的声誉。因为那些在原有土地上的败类、到了新的地方也永远过着属于他们的败类生活，比如不务正业、游手好闲、犯上作乱、暴殄天物。他们还有可能会给故土写信败坏殖民地的名誉。在正常的情况下，那些可以充当最初移民的人

①殖民地，培根这里原先题为“Of Plantation”，是以移植植物比喻殖民地。

民应当是有用之人。比如园丁、农民、工人、铁匠、木匠、手工业者、渔夫、猎人以及相应数量的医生、药剂师、厨师、面包师等。在将要殖民的国度上，要考虑这样的问题。首先就是需要到各处考察一下，看看那儿的自然环境里有什么野生食物，比如栗子、胡桃、菠萝蜜、橄榄、枣子、李子、樱桃、野蜂蜜之类，并且尽量要利用这些天然物品。

其次，有必要再去看看那个地方还有什么食物可以迅速生长起来，尤其在一年以内可以成熟的植物，比如防风草、胡萝卜、芜菁、洋葱、莱菔、菊芋、玉蜀黍等。至于小麦、大麦、燕麦等物，它们需要的劳动力比较多。但是不妨先种上一点豌豆或大豆之类。因为一则它们所需要的劳动力比较少，再则它们既可以用来制面包，也可以当菜吃。同样的，稻米的产量很大，并且也是一种粮食。尤为重要者，应当在殖民伊始带大量的饼干、燕麦粉、面粉到殖民地去，直到能自给面包为止。至于家畜家禽之类的，主要应带那些不易生病且繁殖最速的去，如猪、山羊、鸡、火鸡、鹅、家鸽等。殖民地的食物消耗，应当和一个被围的城里一样，每人都应有规定的消耗量。作为园圃或麦田的土地，其最大的部分应当为输入公仓之用；所收的农产品应当先储藏在这些公仓里，然后按固定份额分配。此外还应当预留部分田地让私人自由耕种。

再次，也应知道将来殖民地的土壤中有哪些适合生长的植物。考察的目的是，让这些物品可以在某一方面适当减轻殖民地的负担。在当地许多地方，森林茂盛，因此当地的木材也算是上述的物产之一。如果当地还有部分铁矿，并且还有河流的话，那就可以让人在那些河边建设磨坊，开发矿藏，以利民生。至于在森林多的地方，铁矿更加是一种很好的物品。在气候适宜的地方，也应当尝试煮盐。诸如此类的，不管是什么纤维麻物，都是一种可以供进一步开发的物品。在富产松杉的地方，一定不会缺乏沥青和焦油。同样，药材、月桂之类的香木也不会少，只要多出便可多利。用做肥皂的碱灰以及其他可以发现的物品，也都可以从中获利。但是不要过于注重当地矿产，因为矿产的开发往往是靠不住的，而且这也会使探矿者在别的方面懒惰起来。

至于殖民地的统治，最好是让一人掌握权力。如果是由若干参政议事官员辅佐的话，最好让他们施行有限的权力，比如实施有限的军事管制。这样做，主要为的是让移民们受益于居于蛮荒旷野的心理感受，并且在心目中永远保持着敬服上帝和为上帝服务的观念①。新生的殖民地政府，一般不可以依靠过多居留在本国的议事官员、司长、委员之流。这些人的数量应该适中才好。而且这些管理人选最好是贵族绅士，而不是那些商人。商人重利，总是以利益作为个人目的。一个殖民地在根深蒂固以前，一般最好不要以沉重的关税来束缚它的发展。不仅如此，还要让殖民地的人民享有把他们的物产运到可以获利的地方去的自由，除非有特殊理由，否则不可以予以干涉。一定不要过快移民，否则只会一下子使殖民地人满为患。要注意的是，应该按照殖民地人口的正常比例进行必要的补充。但是务必使殖民地人民做到安居乐业，而不能使他们因为人数过多而陷于贫困。

有一些殖民地，因为他们的建筑靠着海滨河岸，而这些地方属于不良之地，那么居民健康也会受到一定的危害。虽然殖民初期会出于某些便利的原因，把民居建在沿河低地。但是以后，不妨把民居建在高处，有益民生才是长久之计。殖民地的人民还应当多多存储生活必用的食盐，以便重要时刻腌藏食物，防止腐坏。当然这也与他们的人身健康有关。如果居民住在野蛮人地区的话，不要把一些不值钱的零碎物件或者玩具给他们以获取他们

①参见《圣经·新约·马太福音》第3和第4章。

的欢心，而是要以公道和恩惠对待他们。当然不可帮助他们攻袭他们的敌人，从而取悦于他们，只有在他们真正受到了敌人攻击的时候，才可帮助他们自卫。此外还应当常常在他们当中选派部分人，送到殖民地的宗主国去观光访问，让他们真实地见到更加优良的生活，并且鼓励他们在回到故土时颂扬宗主国的繁荣。一旦殖民地力量增强了，就可以在当地接纳移民妇女。让殖民地世代繁衍，自我良性循环下去，不至于老是靠宗主国的补充了。不要抛弃和荒废一个正在发展成长中的殖民地，那不仅是世界上最大的罪恶，而且还是一种耻辱。

# 三十四　论财富

对于财富，由于我叫不出更好的名字来，所以我只能把它们叫做："德行的包袱"。其古罗马字母是"impedimenta"（有一点辎重和行李之类的意思）。因为财富跟德行之间的关系，犹如辎重和军队的关系，一支军队没有辎重肯定是不行的。行军打仗的时候也不可能把辎重丢掉。但问题是，辎重延碍行军打仗。有时候甚至还会因为顾虑到辎重，而失去打胜仗的时机。要说起来，其实巨大的财富并没有什么真实用处。它仿佛只有一种用处，那就是施于大众，从而求得自我欢心，剩下的不过全是幻想而已。对此所罗门说过："财富多了固然诱人，而且必有多人为此消耗，而财富的主人除了用眼睛看它以外，还有什么可享受的呢？"①

的确如此。如果一个人的财富达到了某种程度之后，这个人就不可能完全享受它了。尽管他有能力储备这种财富，也可以分配并且赠送财富，而且他或者还会因为财富而出名。但是对他本人，这些财富实际上已没有太多实在用处了。请看那些为了一块小小的彩色石头而一掷千金的人。其实那块石头真的有那么大价值吗？商战当中有些商人不遗余力，为了某些所谓的财富竞争得焦头烂额，其实也仅仅是为了看不见的那点虚荣。当然也许有人会这么说：只要拥有巨大的财富就可以买

①参见《圣经·旧约·传道书》第5章第11节。

通人情世故里的各个关节，可以让人没有任何困难或者危险。这也正如所罗门说的：“在富人的想象中，财富有如一座坚城。”①是啊，这句话确实不错，因为在人们的想象中这确实如此。然而事实上却未必这样。由于财富太多而毁掉自我的人，远远多于因财富而功成名就的人。换言之，人一定不要过分追求和炫耀个人财富。不过，可以利用正当手段获得财富，正确地使用财富，愉快地施予财富，安然地遗留我们的财富。

然而，也不要用一种遁世的或乞僧的方式表达对财富的轻视，必要的时候应当用财富行善于世。这就好比西塞罗在论述罗马人拉比瑞亚斯·波斯玛斯时所讲的那样，“他对财富的追求，不是为了满足贪欲，而是要得到一种行善的工具”。同时，还应当听从一下所罗门另外的言语：“心里急着想发横财的人将难免陷于不义。”②此外，古代寓言也说过：当财神普卢塔斯接受丘比特派遣的时候，他有点步履蹒跚，行动迟缓。可是当死神普卢托派遣普卢塔斯的时候，他居然跑得飞快，行动神速。这个寓言的意思是，用善良的方法和正当工作获得财富，速度很慢。但是由于他人死亡而带来的财富，比如遗产和承继等等，则又是仿佛骤然从天上掉下来似的。但是，如果把普卢托看做一个魔鬼，这个寓言也是深有意义的。因为当财富从魔鬼那里来的时候，比如采用诈欺、压迫等手段，就来得神速。

世界上的致富之术有很多，然而其中大多数都是比较卑污的。比如吝啬，不过它应算是其中最好的一种了。吝啬之所以本身有污点、不是纯洁无罪的，原因在于它不容易对人施舍救贫。那些依靠土地耕作获得财富的方式是最自然的致富术，因为那些物产是大地母亲的自然赏赐。但是单靠种地发财是非

①参见《圣经·旧约·箴言》第18章第11节。

②参见《圣经·旧约·箴言》第28章第20节。

常缓慢的。不过，要是那些有钱的人肯于开发矿产的话，那么财富就会滚滚而来。我从前认识一位英国贵族，现在他绝对是一位有钱有势的人。他不仅是一位草原主、大牧场主、大森林主，还是大煤矿主、大铅矿主、大铁矿主和许许多多此类物产的物主。土地对于这位贵族犹如一片大海，因为大海让他的财富源源而来、永不枯竭。

当然，也有人这样说过："一个人挣点小钱比较困难，要致大富反而很容易。"[①]这句话听上去有点奇怪。可它的意思却是很真实的。因为，一个人如果已经富有到了可以坐待市场，等着手中财富增值的地步时，那么他投入的资本越大，获利也就越多。这时候，这些很有钱的人完全可以操纵那些手上没钱却想扩大经营的人，并合伙经营年轻人的买卖[②]。一个普通的生意人辛辛苦苦挣得的小笔财富基本上还算是真实。一般来说，增加财富的主要方法有两个：第一个是生意勤俭；第二个是交易公平，声誉良好。可是，那些利用奸诈手腕，欺世盗名，做成生意并且大有收获的人，是比较可恶的。又比如乘人之危抬高价格，贿赂某些官仆或者亲信，使用下作的阴谋诡计，让比较公道的商人失去机会，奸诈的人反而乘机做成了生意。诸如此类，都属于奸商行径。

至于在购物当中拼命讨价还价，也是不怎么地道的。有的人在这个市场上购买便宜货，又跑到另一个市场高价卖出。这种做法是一种榨取售者与购者双方利益的不良手段。跟合伙人一块做生意，如果合伙人选择得当，那么你肯定是能够赚到钱。在市场上，放高利贷也是获利的方法之一，虽然它是商场上最冒险的经营方法之一。因为这种方法，是放债的人借助他

①出自西塞罗《为波斯图穆斯辩之二》。

②这里指的是有利可图的娱乐业。

人血汗，而从中渔利，坐享其成①。不但如此，这种放高利贷者无耻到了在礼拜日（安息日）也照常放债②的程度。虽然一个放高利贷的人经营的是一个靠得住的致富产业，可是他们的这种方法也不无缺陷。因为介绍人也常常为了自己的私人利益替那些没有偿还能力的人做信用担保。一个人倘若侥幸在某种发明或者特权上具有了优先权，那么这种幸运有时候一下子能叫人突发奇财，比如在加那利群岛上第一个兴建糖业发家的人③。如果一个人能够成为真正的所谓逻辑学家的话，那么他也就既有了发明之才，又有了判断能力④。如此，他一定可以变成大富豪。

一个依靠固定收入的人往往是不大容易发财致富的。把一切财产都搁在经济冒险上的人，倒是常常会倾家荡产。因此，最好能够有一种能以某种固定收入作为你投资冒险事业的基本保障。专利与独家销售某一货品，如果你真是独此一家，那绝对是一个最佳致富之术。尤其要注意的是，当私下知道了某一种货物拥有一个巨大需求，而预为购存货物的时候，就要小心慎重了。由服务行业带来的财富，来路还算是有一些高尚。而若是由谄谀逢迎以及其他的奴婢行为而得来财富，那就最为卑劣了。对于那些图谋遗赠以及遗产监理之事者，正如塔西佗关于论述塞内加的话：“无儿无女的人们和他们的遗产都被他捉住了，如同陷入网中。”⑤前后比较之下，这后一种人更显得卑劣了。

一定不要相信那些表面上蔑视财富的人。他们蔑视财富的缘

①参见《圣经·旧约·创世记》第3章第19节。

②安息日，参见《圣经·旧约·创世记》第2章第1节。上帝赐福第七日，这一天是圣日。又见“摩西十诫”中的第七诫“当守安息日”。

③加那利群岛，当时属于西班牙的非洲西北海中一群岛。

④参见培根《广学论》第二卷。

⑤参见《编年史》第13卷第32章。

故，是因为他们对于财富怀有绝望态度。如果他们有了一定财富的时候，那就再没有比这一种人更加爱财的了。不要爱惜小钱，要知道财富是有翅膀的，有的时候它自己会展翅飞去，有的时候你必须放它出去飞，为的是让它招引回更多的财富。人们通常把财富或者遗留给亲属，或者捐赠给社会。在这两方面，都要以一定的适当数目为好。给孩子留下一大份家业，但是这个孩子由于年龄和识见都不大坚固，这一份家业无异于一种鸟饵，诱惑一切鸷鸟环聚在你孩子身旁，谋图捕噬的人就会层出不穷。为了某种虚荣而赠与捐款，奉献基金等等，就像没有盐的祭品或是表面粉刷了一下的坟墓，不久就会从内部腐烂起来[①]。因此不要以数量多少作为你捐赠的标准，捐献应当适度。还有，一般不要把捐款慈善事业的事情延迟到身死由别人继承遗产后做出。假如你仔细想想这件事情，或许可以想明白。因为，遗产继承者实际上是慷他人之慨。显然，他花的只是别人的钱，而不是自己的。

---

①参见《圣经·新约·马太福音》第23章第27节。

# 三十五　论预言

我这里要谈到的，既不是神灵的启示，也不是异教的谶语，更不是天神的所谓预兆。而仅仅是关于生活中世人所预言之事。也许尽管这些人的话不甚明了，但也有凭有据。《圣经》里说女巫曾经对以色列王扫罗预言道："到了明日你和你的子民必定与我在一处。"①维吉尔从荷马史诗里面，也援引出了这样的诗句："埃涅阿斯族今后将统治一切海岸，直到他的子子孙孙，一直到永远。"②关于罗马帝国兴起的一个预言③，在悲剧诗人塞内加的几句诗文当中也有这样的叙述：

在后世世界将会有一时：
海洋将解开她天然束缚，
一片大陆将会开放展露，
狄菲思将发现新的世界，
泰勒不再是地角与天边。④

这好像是关于发现美洲大陆的一段预言。波利克拉特斯

①参见《圣经·旧约·撒母耳记上》第28章。撒母耳是希伯来先知。

②参见维吉尔《埃涅阿斯记》第3卷。又参见荷马的史诗《伊利亚特》第20卷。

③传说英雄埃涅阿斯战胜特洛伊人，在意大利建立了罗马。

④参见诗人塞内加悲剧《美狄亚》第2幕。

的女儿梦见了丘比特替他父亲洗浴，而阿波罗神为他涂抹膏油[①]。后来，波利克拉特斯在一个露天被钉上了十字架，他在火光似的太阳底下遍体汗浸。死后天上的雨露为他的尸身冲洗垢污。马其顿王菲利普二世曾经梦见他妻子的肚子被封了起来，梦醒以后菲利普自己解释说，以为这是他妻子不能生育的暗示。但是后来，预言者阿利斯坦德却对菲利普说：你的妻子怀孕了，因为一般人对于空瓶之类是不会打封塞口的[②]。果然他们有了儿子亚历山大。布鲁塔斯行刺恺撒之后，在他的大帐之中出现的一个鬼影对他说道："你我将会在菲利比相遇的……"[③]提比瑞亚斯曾经对着迦尔巴说："迦尔巴，你一定会品尝到伟大帝国的味道。"[④]在古罗马韦斯帕芗时代，东方流传着这样一个预言，说从犹太地方走出来的人，将会统治全世界。关于这个预言，塔西陀开始还以为是指奥斯帕斯[⑤]的，其实结果却应验在耶稣身上。

古罗马皇帝图密善在被谋杀的前一夜，忽然梦见从自己脖颈上长出来了一颗金头颅。后来，他的承继者们果然造就了持续多年的罗马帝国的黄金时代[⑥]。英王亨利六世当年指着一个为自己续水的孩子说："看吧，这个孩子就是将来要享受我们现在所争王冠的那个人。"英王亨利六世的话果真应验了——那个孩子成了亨利七世。从前，我在法国的时候，从一位佩纳医生那里听来一个故事，说笃信法术的法国王后，曾经用假名

---

①参见希罗多德《历史》第3卷124节和125节。

②参见普鲁塔克《列传·亚历山大篇》。

③参见普鲁塔克《列传·布鲁塔斯篇》。

④参见苏维托尼乌斯《迦尔巴传》第4章第1节。

⑤参见塔西陀《历史》第5卷13章。另见苏维托尼乌斯《韦斯帕芗传》第4章第5节。

⑥参见苏维托尼乌斯《图密善传》第23章第2节。

字，请术士用占星术为丈夫算命。那个术士论断：他将在决斗当中被杀。王后听了这话哈哈大笑，她以为绝对不会有人向他的丈夫提出决斗的。但是后来，她的丈夫真的在马上比枪的游戏中不幸遇难了——与国王交手的蒙哥马利卫队长的矛枪误刺捅破了国王的蒙面罩子[①]。

我年轻的时候，正是伊丽莎白女王春秋鼎盛的时期。那个时候，我听说过一个流传很广的预言，这样说道："当麻织成线，英国就完蛋。"（When hempe is sponne, England is donne.）[②]说来很怪，关于这个预言的意思，大家都以为是这样的：如果把当时英国君主名字的头一个字母排列起来，仔细一看，就成了hempe这个字。如果等排列到了这几位君主（也就是Henry，Edward，Mary，Philip，和Elizabeth）的时候，英王朝廷就要完了，所以英国也就要乱了。对于此，我真的要感谢上帝恩典——预言并没有实现。无非仅仅是在英国的国名上面，算是得到了证实而已。因为当今英王的尊号，已经不再是英格兰王，而是大不列颠王了[③]。

早在公元1588年以前，世上也流传着这么一个民谣似的预言。而对于这一个预言的意思，我一直都不怎么很明白。这个预言讲道：

有一天你将会看见，
在巴岛与迈岛之间，
挪威人的黑色舰队。
等到这个去了之后，

①法国国王亨利二世公元1559年比武中不幸遇刺身亡。

②把当时若干君主名字的头一个字母串联起来的一种民间寓言。

③当时詹姆斯一世号称不列颠国王，可是当时英格兰与苏格兰还没真正合并统一。

**英国用石头筑房子，**

**从此不会再有战争。**

关于这个预言，大家一般都会认为，它指的是公元1588年的那次西班牙大舰队入侵事件[①]。因为据说西班牙王的姓氏，就是来自挪威（Norway）。另外雷乔蒙塔努斯[②]的预言也很有意思，他说："88年，一个奇异的年头。"人家也以为是应验于西班牙舰队的出征。那个舰队，虽不能说是海上军舰数量最多者，却是力量最强者。至于雅典人克利昂的那个梦，我总以为那是一个笑话。那个梦说的就是他被一条巨龙吞噬了。据人解释，那条龙就是一个做腊肠的人[③]，他曾经和克利昂较过劲。像这样的事情还有很多，假如你非要把梦兆、星相学、预言等等全都搅在一块的话，那就更多了。这里，我只是把一些有凭有据的事例拿出来谈谈。我的意思是说，对这些所谓的预言并不一定要给予过多重视，而只能把它们当成冬夜里火炉旁边的谈资罢了。可是我说"轻视"它的时候，意思指的是有关于信仰那方面的。因为除此之外，对散布预言的具体行为，一定不可轻视。

像预言一类的事情，历史上确实造成了很多祸害，所以不可不注意。为此，正如我所看见过的那样，有些国家就曾一度制定了许多严厉的法律来禁止预言流传。可问题是，民间乐意听取和流传这个东西。之所以这样，原因是什么呢？我觉得这其中当有三种原因。第一个原因就是，人们只注意到了这种预言的应验，而不注意它们的不应验。这和人们对于梦境的态度差不多是一样

①指公元1588年西班牙舰队入侵英国。

②雷乔蒙塔努斯（公元1436—1476年），德国天文学家，著有《预言》。

③参见希腊喜剧诗人阿里斯托芬创作的剧目《骑士》。剧中将雅典人克利昂描写成一个家奴。

的。第二个原因就是，大多数预言都是推测的，而且还有古语变为预言的。而人类喜欢预测将来的天性会使他们认为，把实际上他们所推测的事情，作为某种预告大概也是一种没有什么危险的举动。塞内加的诗句就是这样。因为在当时，众所周知，大西洋以西的地球还有很大地方，而且这些地方不一定是一片汪洋[①]。在这种舆论的基础上，再加上柏拉图的《蒂默亚斯》和《克利托》[②]两篇中的大西岛传说，就足以怂恿人们冒险了。于是就会让人把这个说法改成一种预言。第三个原因，也是最要紧一点的理由就是，几乎所有预言都是假的。它们是彻头彻尾的无聊狡猾之徒在背后捏造、伪制出来的骗人东西。

①关于大西洋西向，参见古希腊地理学家埃拉托色尼《地理学》。

②大西岛，古代传说中的一个岛屿，位于大西洋直布罗陀海峡以西，后来沉没。是乌托邦的同义词。

# 三十六　论野心

野心好比人体中的胆汁。假如分泌顺畅并且不受阻力的话，它将是一种积极有活力、敏捷好动的体液。但是假如它受到了阻力和障碍，那么它就不可能随意自由地发展，于是它就会变为焦躁呆板、流通不畅，甚至带有毒气。世上有一些拥有野心的人，如果他们觉得个人升迁有路，并且自己常常还在向前发展的话，那么他们就会不顾一切，排除所有征途险情，胆生恶意[①]，奋力上攀。但是如果他们的仕途欲望受到了一定程度的阻挠，他们就会居心叵测，心怀怨愤，无论对人对事都以一付凶恶眼光来看待。这种人只有在他人遇事受挫折的时候才最为高兴。这样的人，在国王或者国家任用的公务人员中间，品性应当是最为恶劣可恨的。因此，一国君主，如果录用这样非常有野心的人，那就需要不断地提拔他们，一旦有事情让他们失望的话，他们就会把自己连同自身承担的工作一起摧毁。因此，国王和国家最好不要任用这种天性不良的人。虽然我们已经说过，最好是不用这种天性当中带有野心的人，但是在一些非常情况下，一个国家往往又不得不任用这种人。那么，我们现在就来谈一谈，到底在什么情形下，这样的人才不得不用呢？

最重要的是，在战争当中必须要用良将。不论他们具有何种身份和想法，只要能够带兵打仗战胜敌人就可以了，即使有一些野

①胆生恶意，古代西方医学家认为人体有四种体液均跟人的胆汁有关。

心也无碍大局。因为他们消灭敌人的功劳，是可以抵偿其他一切的。再者，任用一个没有野心的军人，那就等于用了一个解除马刺的战马。有野心的军人应当还有这样的作用，那就是他们会在君主处在危难或者险恶情境中的时候，挺身而出，当做屏障。因为危急情况下，常常没有什么人会愿意主动搭上性命，以求主子安全。一个有野心的人，还可以为他的主子全力消除任何前行的障碍，尤其那些妨碍君主势力的臣民权势，比如提比略任用马克罗干掉了西亚努斯[①]。也就是说，对一些怀有野心的人，在类此危情当中要非用不可。当然，我们还得说一说应当如何驾驭这些人的问题。如果使用得当，也可以减弱他们自身的危险性。

关于这些人，如果他们出身微贱，那就会比出身贵族的人危险性要小。如果他们天性暴戾，就要比那些表面仁爱而又得人心的人危险性要小。若是他们是被提拔上来的，就要比那些根深有势的人气势弱，比心术不正的小人危险性要小。有人认为帝王身边豢养一些亲信是一个缺点。其实不然，在这种事上宠幸足以对付那些权势大而有野心的人。这绝对是治理王朝的良策。因为当国王一心一意奖赏自己宠臣的时候，整个国家除了他自己还有哪个人的权势能够比他还大的。这里还有一个制裁这种人的方法，那就是把和他们一起的臣子树立起来与之相抗。但是如果要用这种办法，就必须确保有一些中立的大臣，原因就是要稳定局势。这就像水中行舟，如若没有压舱的沙袋，那么船就会颠得过于厉害，甚至翻船。一位君王当然可以鼓励身边的那些人微言轻者，让他们成为有野心人物的对头。

让那些有野心的人彻底覆灭，也是有可行办法的。如果这些野心家属于天性畏怯之人，那么上面两派对抗的办法也许行之有

① 西亚努斯（Sejanus），古罗马的政治家和阴谋家，罗马皇帝提比略的宠臣。

效。但是如果这帮人过于强悍，那么那种办法可能只会刺激他们图谋不轨，反而成了一种危险办法。至于要消除野心过盛的人带来的风险，如果国事需要这样做而又不能有所举动的话，恐怕唯一的方法就是不停地恩威兼施，软硬交融。让那些有野心的人完全心中没数，如坠云雾之中。

说到各种野心的表现，最明显的就是那些在大事上爱出风头的人，野心的危害较小。反过来，凡是那些事事显露身手的人，野心的危害一定比前者要大。因为后一种人总是爱滋乱生事，扰害公务。然而，让一个具有野心的人整天忙于硬性公务，比使他拥有广大党羽危险要小得多。那些拼力在人群当中出风头的人，同时也是给自己出难题的人。那些做一些对公众有利之事的野心之人，总把他人的功绩归于自己，他们才是唯一的野心家，是天底下最可怕的恶人。一个有心爬向高位的人，他心上常常怀有三种动机：第一，做对社会有益的善事。第二，接近帝王身边要人，从而获取权势。第三，渴望提高自己的富贵之身。那些怀揣第一种抱负的人，应当属于明理之人。能够认识这种人的价值的君王，是贤明而伟大的君主。拥有第一种抱负的人，其心力都是上述三种当中最为上等的。他应当就是一个忠诚实在的可信君子。一般而言，一国君王和他的国家在任命大臣的时候，就应当选用那些把责任感看得比权力重的人才。君主要看重那些为了国民良心而做善事，而不是为了显扬荣耀做善事的人。并且一国之主还应当心目明亮，把行善之事的天性，与自愿服务于民的心性从根本上认清。

# 三十七　论宫廷化装舞

与各种比较严肃的话题相比，宫廷化装舞会[1]只不过是一些花哨俗气的玩意儿而已。既然君主非需要这些东西不可，那么这些东西是不是还应当有一点点优雅之处，而不至于完全显得那么低俗呢？歌舞应当是富有品味乐趣的一种艺术行为。在此我的意思是说，既然歌舞比较高级，那么它就需要有一个高级的样子。比如它需要有弦乐伴奏，比如歌词需要适合剧情，比如对话也需要一些优美之词。对话声音也应当具备健康的阳刚之气，需要一个低音和一个高音，而不全是高音。歌词最好也应当高雅悲壮，而不是过于细腻绮丽。

唱法应当常常采用轮唱与换唱形式。犹如颂唱圣诗一般，那是很能让人心情舒畅的旋律。唱班的位置一般应在舞台上，而且还要有高超的分解音乐[2]伴歌。舞台歌声应当嘹亮欢畅，同样，音乐也应当准确响亮，并且要此起彼伏。通常而言，舞会艺术是人们自然爱好的事物，而不是一些雕虫小技。一出剧幕的场景变换，只要做到了安静无哗，那么也是格外具有美感的，能够引人入胜。这些艺术变换，显然是滋养眼目的——使之免于长久注视一物之劳。剧景应当明亮，染出特殊而多样的颜色。那些剧中演

①宫廷化装舞会，又叫假面舞会。公元1625年培根写作本篇时，假面舞会始向歌剧靠拢。

②分解音乐，公元16世纪至17世纪流行的室内重奏乐，其音乐术语又名康索特。

员，或者任何要从台上退下的人，在退台之前最好先在台上表演一些艺术动作。其队形犹如字母之流动[①]。因为这种动作能引人眼目，也是观者乐于看见的东西。

在舞场艺术的烛光之下，最为耀眼的颜色，自然是白色、粉红色和很亮丽的海水绿。台上亮色的圆点以及金属之类的装饰，花钱不多，却比较灿烂。至于富丽的刺绣，在舞台烛光的映衬下，显隐而又不彰目。演员服装应当要有讲究，应当在演员摘下面具之后也比较适合他们的身材标准。这些舞台艺术服装，还应当讲求不同于一般的艺术样式，比如土耳其装、军装、水手装之类。一出剧目当中的过渡的小节目不应过长。因为小节目大多是为了调节气氛的，多是关于傻子、野人、鬼怪、野兽、小丑、巫婆、黑人、侏儒、乡巴佬等反面角色的。艺术当中的丑恶内容和面貌往往都是一些可憎的东西，比如魔鬼，巨怪之类的反面角色。

至于戏剧中作为正面角色天使之类的艺术形象，若是把他们放在反串人物里面插科打诨，那也显得不伦不类。但是主要问题在于，倘若能使这些反串人物、剧中的音乐充分使人愉悦，而且拥有出奇的多姿变化，那才是最好的。在有水汽的人群当中，忽而飘来一阵香风而又不见任何水珠下坠的话，那才真是让人收获新鲜之感的东西。双重宫剧，这边一组男的，那边一组女的，淑女绅士一齐上台，能够增添许多端庄与明丽的气氛[②]。但是要记住，如果演出场地不是那么洁净整齐的话，那上述一切辛苦努力都白费。至于那种比武竞勇之类的游戏，其精彩的地方主要在于挑战者人场时所坐的战车，尤其当这些战车是用雄狮等牵引而出

①队形如字母之流动，其中字母代表了君王或者皇室成员的姓名和生日等等。

②按照旧时习俗，宫廷化装舞会必须同性共同登台。

时。这种入场式还需要雄壮的阵式，有时也需倚靠上场武士绚丽灿烂的服装，同时还要有战马装饰以及铠甲。关于这些场上的东西，我们这里说得已经够多了。

# 三十八　论天性

天性常常是隐而不露的，有时可以抑制，但很少能熄灭。压制之于天性，只会使它在压力减退之时更烈于前；但是长期养成的习惯却能变化气质，约束天性。凡是想改变自己天性的人，不要给自己设下过高或过低的目标。因为目标过高将常常因为失败而容易灰心，同时，虽然那些很不起眼的工作常常能使人成功，但是这种成功也只能让人成为一个进步较小的人。此外，在刚起步的时候，应当借助一些东西来练习自己，就好像学游泳的人用漂筏一样；但是过一些日子以后，他就应当独自与困难搏斗了。这就好像舞蹈家穿着厚鞋子练习跳舞一样。因为我们知道，其实苦练要比结果更难一些。但是当我们看到结果的时候，就会觉得那是完美的。

如果天性太强不容易克服的话，也许需要严格约束自己。这就好像有人生气时，反而强制自己安定一下，默诵24个字母那样①，借此化解自己心中的怒气。这就好像一个人想要戒酒，开始时不可能一口不喝，只是每餐时一点一滴地减少，慢慢减到最后，从而戒绝。但是，一个人如果真的有那么一种毅力和决心，能够彻底根除自己的不良习性，那当然是最好不过的了。有古诗咏叹：

①公元十五六世纪培根时代的字母表中只有二十四个字母。

坚持灵魂自由的人，就是那
挣断磨胸的锁链，一举永免受罪的人[1]

此外古人的遗训当中还说，应当把天性中的一端转到相反的一端去。这就好像一根杆杖似的，一定时候把它反过来再利用的时候，倒是可以适中的。不过我们要明白的是，切忌矫枉过正。用逆反的习惯来约束和改变天性，这是可以的。但是改过去的另一端天性，最好不要是那种罪恶的品质。

一个人最好不要给自身强加一些东西，不要强加上一种本身原本没有的习惯，而是应当在循序渐进中慢慢推进。原因在于，第一，试探或间歇性的循序渐进是调整自我习惯、帮助自我新生的有效尝试。第二，假如让一位德行不够的人一味适应新习惯，那么有可能的是，他不但保持了过去的恶习，同时又添加了他现在的新的恶习。鉴于这种情形，除了采用合乎时机的间歇性循序渐进的方法外，别无他法培养新的习惯。一个人千万不可过于相信他自己天性中的优势，因为一个人天性中有很多东西是能够长期潜伏的，一旦等到一定时机或存在诱惑时，它必定会被激活。就好像《伊索寓言》[2]当中的猫变女子一样，她端端正正坐在餐桌一头，可是有一只老鼠在她脚下跑过去的时候，她当下就旧态复发起来。因此一个人应当完全躲避这种不良机会，或者常常跟这种机会接触，但是定要做到心志不移。

人的天性究竟怎样，只有在他的私人生活里才会看得更加清楚。因为在这种生活里面，天性是没有任何虚伪掩饰的。在人的热情里面也最容易看出人的天性，因为热情会让人把平日教训全都忘掉。在某一种新的事情或者新生尝试当中，也最易看出人的

①参见奥维德《爱的理疗》。

②参见《伊索寓言》。

天性。因为在这种情形里面，天性是没有先例可循的。凡是天性与职业适合的人，应当都是幸福之人。反过来看，那些从事着他们本来一点都不想做的事业的人，也许会这样说：“我的灵魂长期与天性不合之事物周旋。”[①]一个人在学问方面，对于与他天性不合而又勉强去学的东西，最好应当有一个固定的时间。但是凡是与他的天性相吻合的学科，那就不必有什么时间限制了。因为他的天性自然而然就会飞到他心中想要到达的方面去。至于做别的事情，他自己完全可以用点剩余时间去做。一个人的天性，如果长不成鲜花的话，就会成为一堆莠草。所以他应当及时浇水保养他的鲜花，并且要及时拔除那些莠草。

①参见《圣经·旧约·诗篇》第120篇第6节。

# 三十九　论习惯

人们的思想多半是依从于他的愿望的，言语多是依从于他的学问和从外界得来的见解；但是他们的行为却是依从于平日的习惯。对此，马基雅维利说得很好（虽然他所讨论的事情是令人比较厌恶的）：天性力量和动人言语，若无习惯增援，都是不可靠的[①]。马基雅维利这里所说的事情是，为了完成一件极险恶的阴谋，不可任用那些天性残忍的人，而是要任用那些干过残忍之事、习惯做恶事的人。但问题是，马基雅维利本人并不大知道很多并非如此的例子，像乞僧克莱门[②]、哈委亚克、约尔基、巴尔塔萨尔·杰拉尔。但是他的定律依然是很有效的，天性与言语上的允诺都不如习惯有力。

习惯往往支配意志。世界上有很多人常常突然做出起誓、许诺、决意、包票之类的决心，但是转眼就把这些夸下的海口抛诸脑后。原因在于，旧有习惯仍旧支配着人的行动，甚至引发了严重伤害也很难改变原有习惯。除了迷信以外，在其他事情中习惯总是凌驾于一切事物之上。其势力之强，使得人们即使在自白、抗辩、允诺、夸张之后，也依然一如既往地做下去，难以改变，好像他们是由习惯来驱动的机器似的。这种情形真使人惊讶。比如印度人。我这里所说的印度人，是他们当

①参见马基雅维利《论李维》第3章第6节。

②克莱门，公元1589年行刺法兰西王亨利三世。

中的天衣教信徒那一派[①]。他们会安安静静地躺在一堆干柴上面，然后让人点燃柴火，自焚而牺牲[②]。不但如此，连那些他们的妻子，还要争先恐后地与丈夫一同烧死。早在古时候，斯巴达青年常常乐于在狄安娜[③]祭坛上面受苦，身遭笞刑[④]，身体一动不动。

我还记得，在英国女王伊丽莎白登基初年，有一个被判死刑的爱尔兰叛党曾经上呈总督，请求缢死他的时候采用薪条而不用绞索。因为以前的叛党都是用薪条处死的。在俄罗斯，有一些僧人为了赎罪，他会在水盆里坐上一夜，直到他们被坚冰冻住了才算成功。习惯在人的精神和身体上所具有的巨大力量，这样的例子还可以举出很多来。所以，既然习惯是人生的主宰，人们就应当努力养成好的习惯。可以肯定的是，如果在幼年时候就开始了某个习惯，那么它就是一个最完美的人生习惯。对于这一点，我们不妨把它叫做教育。所谓教育，其实是一种从早年就起始的习惯。所以我们常常会看到，一个人在言语表达上，幼年时代的舌头要比青年以后显得更为柔活。这也就是说，一个人幼年时代学习某些语法发音，进行体育方面的活动是非常有效的，也是比较灵活的。

一个年长的人，肯定不会像从小就学习的人一样富有活力。除非那些尚未形成固定心态、具有强烈好奇心的人，当然这种人是个例外，并不常见，否则一般人并没有很强的心理力量。假如一个人的一个习惯，就具有很大的力量的话，那么，一旦他拥有了几种联合的习惯，那么其力量就更大了[⑤]。在这种情形下，他

---

①天衣教信徒，此教为印度耆那教派之一宗，倡导苦行主义。

②培根此处说法可能有误。

③狄安娜，希腊神话中的狩猎女神。

④受刑目的是为了锻炼意志。

⑤参见培根《广学论》。

人的例子可为我之教训，他人的陪伴可为我之援助，争胜之心使我受刺激，光荣使我得意，所以在这种情况下习惯的力量，可以说是达到了最高峰。人天性中美德的传承是要依靠秩序井然、纪律良好的社会，这点是无疑的。因为国家与政府只会滋养已经长成的那种美德，而不是帮助美德的种子发芽。可悲的是，目前国家却不具有美德。

# 四十　论幸运

幸运的消长，是外界的偶然之事——如面貌、机会、死亡、才德、巧合——这是不可否认的。但是，一个人的幸运与否，恐怕主要还是掌握在他自己手里。有一位诗人说过这样一句名言："每一个人都可以成为自己幸运的建筑师。"[①]生活中最常见的一种说法就是，一个人的智慧不足恰是另一个人的运气。世界上没有哪个人能够比那个借着别人失误而一举上升的人进步更快了。这便是所谓的："蛇不吞蛇，就不能成龙。"[②]显露的才华虽然受到人们的赞赏，但恰是那些深藏不露的才能带来了好运。这需要一种无形的自制自解的能力。也许西班牙人所说的"潜能"（desemboltura）一词，大概能够表示出这其中的力量。desemboltura所形容的就是那种日积月累所形成的品格。与此同时，李维在描述加图的时候，使用了这样一句话，即"一个人的体力与精神是如此之巨大，无论他生在什么家庭，他大概都会替自己赢得一个良好的境遇"。[③]

一个人如果留神观察的话，那他就一定会看见人性当中是有所谓"幸运"的。这个"幸运"甚至被当做命运女神。她虽然总

①参见普劳图斯喜剧《三钱币》第2幕，又参见拉丁成语集。

②参见希腊谚语，又见格斯纳《动物志》。

③李维（Livius，公元前59—公元17年），罗马史学家。著有《罗马史》。

是蒙蔽双目[①]，但她并不是隐形的。幸运之道如同天上的银河，而银河是一群闪亮的小星星所汇聚的。这些发亮的星星，作为一个个的个体共同构成了一条耀眼放光的金带。人生亦是如此，有许多微小的、难以发现的美德，或者更具体说，人生是由能力与习惯而获得幸运的。而在这些美德之中，意大利人发现了几种常人难以发现的幸运表现。譬如有个人做任何事情都不会出错，那么意大利人在谈论起这个人的时候，必定会叙说他有别于他人的方面，说他确有“一点儿傻子气”。不过，虽然有一点儿傻气，但却没有呆气，再没有比这种人更为幸运的人了。

因此，那些极端的爱国者或是那些爱主至上的人，他们看起来总是不幸的。事实上他们确实不够幸运。因为如果一个人把他思想的决定权交付给他人，丧失了独立性，那么他的路恐怕也就不再是他自己的路了。突如其来的幸运，会造就一个活动家或者躁动者。法国人替这种人起了个名字，叫“好事者”或“喜动者”，似乎显得更好一些。但是经过磨炼的幸运才有助于成才。

幸运是值得尊敬的，因为纵使不为别的，也应该为了她的两个“女儿”：“自信”和“名誉”。她们都是由幸运而产生的。所谓“自信”，生长于一个人内心当中，而“名誉”则存在于他人的心目中。为避免他们杰出的才德所招致的嫉妒，古代的圣贤都习惯于把才德归于上帝或者幸运，因为这样他们就可以较为安全地享有这些才德了；再者，一个人如果受神灵的护佑，也就证明他是一个伟人。所以恺撒对风涛中的船夫说：“你所载的是给你保佑的恺撒。”[②]所以当苏拉称呼自己时，不是说“伟大的苏拉”，而是说“有福的苏拉”。有人早就注意到了这一点，即凡把幸运之事归功于自己的聪明和智谋的人，他们的结局多半是不

①参见同名（命运女神）西方中世纪名油画。

②恺撒的幸运，参见普鲁塔克《列传·恺撒篇》第38章第3节。

幸的。

历史文献上曾经记载，雅典人提摩西亚斯在向国家报告他的政绩的时候，总是会在报告里面屡次中断他的陈述，进而加入这样一些评语：“此事跟幸运无关。”然而自此以后，他无论做什么事，都没有再成功和发达过。世间确有一些人，他们的幸运之道，正如同荷马的诗句那样，其流畅自如是别的诗人及其诗句所无法比拟的。这种情形之所以如此，原因确实多半在于一个人本身的能力。

# 四十一　论贷款

很多人都曾骂过高利贷者，不过他们会巧妙说道：人类应给上帝的贡献是每人收入的十分之一，而现在可悲的是，上帝应得的这一部分竟被魔鬼占有了[①]。他们又说道：高利贷者是最大的礼拜日（安息日）的破坏者。因为他们居然每一个安息日都在工作。有人又说道：高利贷者就是维吉尔所说的大雄蜂，他们把那些小雄蜂从蜂房当中驱逐出去[②]。又有人说：高利贷者把人类自失乐园以后的第一条法律破坏了，即破坏了“你要汗流满面然后才可得食”[③]这一规则，因为那些高利贷者都是一些“借他人面上的汗水而得食”的人。还有人说道：“高利贷者应该戴上黄色的帽子，因为他们早就变成犹太人了。”[④]更有人说：“钱生钱是违背天道的事情。”等等。

这里，我只想说这样一句话，那就是，高利贷是“因为人心太硬而使得上帝允许从事的一种事业”。因为既然借钱与贷款是免不了的，但是高利贷者的心硬到了坚决不肯白白借钱给人的地步，所以放高利贷的事情便随之发生了。商海里面也有一些人，他们也曾经对于银行利益和财产呈报以及其他赚钱的办法，提出过一些五花八门的建议，但是其中很少涉及到高利贷。在此，我

①英王八世在位时把有息贷款合法化。

②参见维吉尔《农事诗》第四卷。

③参见《圣经·旧约·创世记》第3章第19节。

④黄色的帽子：欧洲中世纪有规定，放债取息者应戴黄色的帽子。

还想说这样一句话，还是把放高利贷的利害关系摆在我们眼前，以便叫我们酌量择利，小心选择。也好在我们需要的时候，起到有效的改进作用。

高利贷的害处显而易见。第一，这种有息借贷[1]使得商人数目减少，商业萧条。因为要是没有放高利贷这种奸商生意，那么人们手中的金钱会被用在商业运营之上。而商业是一个国家财富的命脉。第二，高利贷会使商人的本性变得更加贪婪。因为假如一个农民一味坐享地租，那么他再不会积极经营管理他的土地。同样的是，假如一个商人不得不依靠高利贷生存，那他也就不可能好好经营他的生意。第三，商业衰落导致国家税收减少。税收本来就是随着商业贸易而变化的。第四，加剧贫富分化。高利贷就是把财富聚集在少数人手上，导致社会的财富分配不公正。然而，一个国家总是在财富分配最为公平的时候，才是最为兴盛的时候。第五，高利贷的泛滥导致土地贬值。因为金钱主要用在做生意或者购置田产上面，而高利贷者却把这两种事业都截断了。第六，高利贷压制了工业改良和新发明的出现。假如没有高利贷阻挠的话，那么上述的种种社会进步事业，自然而然就会获得资金支持与利润回报。第七，高利贷是在侵占他人的财产。而这种行为经过长时间运转之后，会引起社会的普遍贫困。

从另一方面看，高利贷也具有一定的好处。第一，无论如何，放高利贷之举在某种情形之下不是阻挠商业发展的，而还是促进商业进步的。因为商业贸易活动当中的很大一部分，是由年轻商人依靠高利贷经营的。如果放高利贷的人把钱收回去或者不放贷的话，那么商业贸易活动就会陷入停滞。第二，要是市场上没有这样借债予人的办法，那么人们的某些商业需要，有时候将

①有息借贷，百分之十的利率是亨利八世规定的。另外参见《圣经·旧约》中的“摩西律”等等。

会很快消失。因为他们将不得不抛售他们赖以为生的生产资料，无论是田产或者货物，而且出卖价格远远低于那些财产的真正价值。所以，尽管放债行为固然侵害了这些人，但是如果没有这些放贷行为，那么不景气的市场将让他们血本无归。而至于市场上所谓的抵押或者典当等行为，对此也是无补于事的，即使商家愿意进行典当或抵押。这也就是说，如果他们肯这样做，他们必定会把眼睛盯在获利更多的投资上了。我还记得有那么一位利欲熏心的富翁，经常这样说："让魔鬼从事高利贷的事情好了，我们不要依靠抵押产业和证券。"第三，假想获得无息贷款，这只是一个虚妄的空想。并且，如果一旦限制了高利贷，那么将会发生什么事，也是很难想象的。因此要禁止高利贷，完全只是空话。其实，世界上所有的国家都有过类似高利贷的交易，只不过种类和利率不同罢了。所以这种想法也只是种乌托邦式的妄想。

现在接着谈一谈关于高利贷的一些改良与经营之道。那么如何才能够既避免高利贷的害处，而又保持它的某些益处呢？从高利贷行业的利害与权益看来，至少有两件事情应当是可以调和的。

第一，高利贷者还是要仁慈一些，只有这样才不至于侵占别人的太厉害。第二，最好再多一个渠道，可以鼓励有钱的人放债给一些商家，以便令商业贸易能够继续生存下去。对于这件事情，我们也应当注意，商品贸易因其获利丰厚，因而能担负高利贷，而别的事业则不然。要达到上述的两种目的，其方法大略如下，起码要设定两种不同的利率；第一种是自由而公开的利率，另一种是受到一定管制和特许的利率，这种利率只能由特定人在特定领域才可以获得。因此又应确保：第一，把普通贷款利率减少到百分之五。这种利率应作为自由通行的利率，并且应由国家承担对这一利率下的借贷行为加以保护。那么，这个办法可以使借贷之举免于停止或枯竭，同时也可以便利国内更多的借款人。这个办法也将有利于提高土地价值。因为以十六年为期买来的土地，一年之中可以产生百分之六以上的利息，而上面那一种放高利贷的利率，也只产生百分之五的利息，因此还是后者好。同样的理由，这种固定的百分之五的利率办法也会鼓励并且促进工业发展，有益于进行改良。因为，许多人会愿意投资工业，而不愿意只收百分之五的利息。那些有高回报率机会的人更是如此。

第二，应该允许一部分高利贷者可以用比较高的利率放贷给那些大商人。此种商业行为，还应当有如下的规定，比如这种给大商人的贷款利率要比他从前一贯支付的利率要低一点。这种方法对所有的贷款人来讲，无论他是商人还是其他人，都既可以获得资金支持，又可以获得一定的利益回报。当然，高利贷者不可以是银行或者金融公司，而是那些拥有大量资本的人。这倒并不是因为我非常憎恶银行，而是因为它们确实难以叫人信任。国家既然发放了所谓的专属许可证，那就应当让高利贷者有责任纳税，除此之外剩余的才能归高利贷者所有。假如这税收水平还可以，高利贷者可以接受，那么就可以提高高利贷者的放贷积极性。举例来说，那些原先收百分之十或者百分之九利息的高利贷者，会宁可下降到百分之八，也不会放弃他们的高利贷事业。因为他们不会放弃这样一本万利的行当，反而去追求商业冒险利益。

关于这些持有允许证的高利贷者的人数，也可以先不做出特别的规定。不过对他们经营高利贷的地点，却应当限于几个商业城市。因为这样，就可以在一定程度上限制他们了。关于放贷特许证，可以发给那些百分之九利率的放贷人，从而达到限制数量的目的。这样就不会把一般百分之五利率的钱吸干收尽了。因为没有人愿意到陌生地方放贷或向陌生人放贷。如果有人反对我这里所说的方法，那么，我这里所说的方法差不多让高利贷行为合法化了，而不是完全一味地限制它。换句话说，我的答案就是，用公开承认的办法抑制高利贷所带来的害处，要比默认它横行存在要好一点。

# 四十二　论青年和老年

虽然一个人可能看起来比较年轻，但是很多时候他已经老却，心态已老，完全没有年轻人的活泼了。但是，生活中这种年少心老的情况还是不多见的。通常情况下，青年人富于直觉，老年人则长于深思。即使是在思想和年岁上，青年与老年之间的差别也是如此。一个青年人的创造力总是要比老年人的强大。而且丰富的想象力也是很容易产生于他们的脑海中，就好像是神灵帮助似的。那些天性好强、拥有强烈欲望和高度敏感的人，只有到了中年才逐渐地稳定下来，才能够有良好的心性做事情。像尤利乌斯·恺撒和塞提米尔斯·塞佛鲁斯就是这样的人。关于塞维鲁，曾经有人这样形容他，“他曾度过了一个满是错误、充满疯狂的青春时代”。①不过这个塞维鲁差不多也是古罗马皇帝当中最能干的一位。那些天性平和的人，也常常能在他的青年时代，做出一些善举来。像奥古斯都·恺撒②，佛罗伦萨大公科斯谟斯，加斯东·德·福瓦③等都是这样的人。另一方面，如果人到老年依然活力不减、充满热情的话，那么对于社会事业他们也会有一定的积极影响。

---

①参见《塞佛鲁斯传》。

②公元前44年，恺撒被罗马政客杀害。恺撒甥孙克塔维亚努斯为恺撒报仇。成为罗马皇帝，即奥古斯都·恺撒。

③加斯东·德·福瓦，法国名将，法王路易十二之甥。生于公元1469年，公元1512年战死。

青年人长于发明创造而短于思考；适于执行实务而不适于议论；长于革新而短于守成。而老年人恰恰相反，他们拥有经验，在力所能及的范围内还可以指导青年的行为。但是对于一些新的事物，老年人的接受程度要远弱于青年人。不过，青年人犯的错误也许会毁掉其事业；而老年人犯的错误，充其量不过是他在原有程度上更进一步或倒退一步罢了，结局没有像青年人的错误那样严重。青年人在做某件事的时候，常常会不断超越个人能力的限制，常常倾向于干一场轰轰烈烈的事，期望自己一下子就能达到既定的目标，为此甚至可能不择手段，有时候竟会做出极端荒唐的事情来，即使错了也不肯承认或者去挽救错误，就好像一匹没有受过训练的野马一样，不肯停步，也不回头。

年纪大了的人，比较不容易接受别人的观点，商量事情时也比较慢。他们冒险少，而反悔快，很少将事情做得十分彻底。反过来说，只要有一点小成功，他们心里就很满足了。因此，如果可能的话，把这两种人合而为一，各取所长，那是最好不过的了。因为他们可以互相弥补各自的短处。从长远来看，也是很好的，因为青年人可以学习老年人的智慧和成熟思想。同时，在国家的对外交往中，老年人要比青年人更成熟、更有经验，因此当局或者掌权的人还是比较尊重老年人的。在人情世故方面，老年人显得更为优越了。《圣经》说："你们少年人要见异象，你们老年人要见异梦"①。有一位犹太教的拉比②，他在讲这一句原文的时候，曾经推论说："青年人比老年人更接近上帝。"因为异象是一种比异梦更为清楚的启示。所以无疑，世情如酒，越喝越醉，老年人亦是如此。

在这个世界上，人的年岁越大，就会在世俗中陷得越深。

①参见《圣经·新约·使徒行传》第2章第17节。

②犹太教拉比，犹太教中解经授经的人。

年岁给人受益之处，就是一个人的理解能力增强，而不在于意志或者感情方面的进步。生活中确实有一些少年老成者，而这种状况所带来的优势会随着时间而逐渐消逝的。年轻与年老之间的变化有三种，也分别造就三种人。第一种是那些有一点小聪明的人，而这一种聪明恐怕不久就会变为迟钝的。例如修辞学家西热摩赫尼斯①，他早期的著作是很深奥的，但是后来他变得像一个白痴似的。第二种是那些具有某一种气质，而这种气质又比较适于青年人而不适于老年人。比如华丽丰富的言辞，就是适于青年而不适于老年的。所以，西塞罗在评论奥特修亚斯②时这么讲道：“尽管他的风格依然，但是他的风格早就不适合他这个人了。”还有第三种人，这种人早在起步的一刻，就已经功成名就。由于他早年过高的声名，以致在他后来的时光中，再也无法达到那一荣耀，就连保持它的过去都很难。例如西彼奥·阿弗利坎努斯③就是这样的人。关于西彼奥，李维曾经说道：“他的晚年一事无成。”

①西热摩赫尼斯，希腊修辞学家。

②奥特修亚斯，与西塞罗同时的演说家。

③西彼奥·阿弗利坎努斯，古罗马的伟人之一。参见李维《罗马史》。

# 四十三　论美

美德就像宝石一样，是那些朴素纯净的背景所衬托出来的。这样反而使美德更像天然之花。对于人的美，虽然容貌可能并不姣丽，但是举止娴雅，气质端庄，身份谨严，拥有高尚心灵，那么这个人才是最美的。因此，绝代美人尽管倾国倾城，但是未必就有内在之美。在她的身上，也许看不到德行方面美好的修养。仿佛上帝给了她美丽的外表，却没有给她良好的美德似的。有时候，那些看似很美的人，大多都是容颜可观而心无大志的人。他们所追求的多半是一些举止之美，而不是德性之美。当然，此话也要辩证看待。因为诚然，正如我们所看到的那样，奥古斯都·恺撒、提图斯·韦斯帕芗、法王菲利普四世、英王爱德华四世、雅典人阿尔西亚巴阿底斯、波斯王萨非伊斯迈耳等名人，都是精神远大、志向崇高的人。同时他们也都是美男子。

谈论起美，我认为，人的状貌之美往往胜于颜色之美，而优雅的行为之美常常又是胜于状貌之美。美中之上者是图画所不能表现的东西，也不是一眼就能看明白的事物。世上没有一种至上之美。即使有的话，那也是在日常生活中拥有奇异之处的人。对于画家阿派莱斯[①]和阿伯特·杜勒[②]两人，究竟哪一位更伟大？他们两位当中，前者依据几何学上的比例来画人。而后者则常常从不同的人

---

①阿派莱斯（Apelles，公元336—323年），亚历山大时期希腊知名画家。

②阿伯特·杜勒（公元1471—1528年），德国著名画家。

物脸面中间抽取所长，用最好的部分加以合成，画出一个臻于完美的脸庞来。他们的作品都是非常美的。但是我会觉得，要是用这样的方法来画人的话，无论采用哪种方法，也不过只是画家本人的偏好而已。

一个画家不应当刻意画出一张他从来没有画过的美脸图来，而是应该凭借幸运的灵气做成这件事。这就像音乐家创作一首优美歌曲一样，不是借助某一种公式进行创作的，而是靠灵感和情绪获得的。我们还要知道，应该存在这样一种情况，也就是有一种脸庞，如果你把它分解成不同的部分单独来观察，恐怕根本找不到一点美好之处，但是，整体上来看这个脸庞也许就非常美了。另外，假如美真的是存在于美的运动中的话，那就无怪乎有一些上了年纪的人，反而显得倍加可爱了。拉丁语中有所谓的“暮秋之色更美”[①]，就是这个道理吧。这也就是说，一个年轻人虽然可能会拥有美貌与纯情，但是由于青年身上缺少老年人所具有的那些修养和德行，所以年轻人也就往往得不到美好的赞誉。

美，犹如夏日水果，易于腐烂，难于持久。世上有许多美人，他们有过放浪的青春，却经受着愧悔的晚年。可是无疑，假如美貌与美德相结合，那么美貌就会让人更有美德的光辉，而恶德只会让美貌更加羞赧。

---

①参见西塞罗《致好友书信集》第7卷第3篇。

# 四十四　论残疾

世上的残疾之人多半是和造物主打了个平手的。因为造物主待他们不仁，让他们身体不全，然而他们中的大多数，虽然犹如《圣经》里面所说的那样“缺少亲情”[1]，但是却身残意坚，不屈不挠，勇敢地生存下去了。因此也可以说他们蔑视了造物主。通常，人的肉体与精神两者之间确实存在某些相符之处，倘如造物在这一方面犯了错误，那么他就会在另一方面予以补偿。人对于精神世界还是有选择能力的，但是对于自己身体本身却只有一种听天由命的无奈。所以世界上那些令身体不全的残疾，有的时候是会被修炼与才德的光芒所遮掩的。因此世人最好不要把残疾当成一种歧视的标记。因为这种表面上的身体残疾是最容易让人看走眼的——身体残疾的背后，正是伟大的精神。人们应当把表面的残疾看成一种励志向上的动因。

凡是身体上存在缺陷而招致轻蔑的人，总会在心里不断激励自己，努力拼搏，改善这种状况，进而消除别人对自己的蔑视。因此他们身残志坚，不甘命运的摆布。也有一些残疾人非常的勇敢，尤其是在他们受到别人轻蔑的时候，他们就会尽力保护自己。因此，经过了很长时间以后，残疾人的这种志气也就慢慢变成一种自然习惯了。残疾人平日的受辱，常常能够引起他们的勤奋。而这一种勤奋，也就是细心观察别人，超越别人，以便从中

①参见《圣经·新约·罗马书》第1章第31节。

找到心理上的慰藉和平衡。

通常，残疾人的成功不容易招来别人的嫉妒。因为他们有缺陷，人们更会欣赏他们的成功——潜在的对手往往会忽视他们的竞争力。所以，对于一种具有坚韧品格的残疾人来说，残疾却可以转化为一种优势。

古代的君王们，常常比较信任他们身边那些身体不全的宦官之流。那些宦官一般对于世上的人都心怀不满和妒嫉，于是在他们心里也就会对于国君一人更加依赖和效忠。但是那些君王们，虽然也信任自己身边的宦官，但是只会把他们当做可以利用的告密者，而并不是把他们当做宫廷深处品行良好的官吏。

不管什么时候，我们前述的定律都是成立的，那就是如果这些残疾缺陷者是一位真正拥有魄力的人，那么他们就一定会把自己从世间的轻蔑之中全力拯救和解放出来。不过在这种解放途中，他们的手段，如果不是完全出于美德，那便是出于一种恶谋。事实上，残疾人有的时候也会是非常优秀的社会人才。比如斯巴达国王阿西劳斯、苏里曼一世的儿子桑格尔[①]、寓言高手伊索[②]、秘鲁总督加斯卡[③]等，他们都是非常出色的。另外还有苏格拉底[④]等，他们也是人中豪杰。

---

①桑格尔，绰号“驼背”。

②伊索（Esop），传闻伊索丑陋不堪，参见《伊索传》。

③秘鲁总督加斯卡，西班牙天主教士。公元1547年被派往南美秘鲁恢复殖民地秩序。据说加斯卡四肢奇长无比。

④苏格拉底，貌丑出奇，但不残疾。

# 四十五　论建筑

建造房屋的目的，当然是为了在里面安居，而不只是去欣赏建筑的外表。所以建造房屋时，我们首先应当考虑的是房屋的实用方面，然后再去讲求那些表面情况。不过，要是上述两者能够兼而有之的话，那自然是最好不过了。如果在不适宜的地点上盖了房子，那么建房人就像是把自己囚在牢狱里似的。我在这里所讲的不适宜的地点，不仅仅是说空气质量不好的地方，还包括自然气息不流畅的地方。比如常看见有许多十分美观的建筑物都坐落在一个小谷里，它的周围环绕着高地，太阳的热力幽闭于中，风汇聚其地，就像水集山谷。在这样的地方盖房子，就会让人感到温度变化太大，气息不通，居住于此是十分不好的。

再者，让人觉得一个地点之所以成为不适宜的建筑地点，并不只局限于不好的空气、不佳的道路、不良的市场等，还有其他因素。如果你参考一下莫摩斯[①]的意见，那么那里的难以与人为善的邻居，恐怕也是不适合在那里盖房子的重要原因之一。此外，还有很多因素影响到建筑之地的选择，比如那些缺少雨水、林木稀少、土壤贫瘠、风景单调的地方。没有开阔的平地，就会缺少打猎、放鹰、跑马的场地；离海洋过远，会缺少可供航行的河流。而接近海水，就有可能遭到台风、涨潮之忧。如果离大城

①莫摩斯，古希腊神话中间专爱从鸡蛋里面挑骨头的神。因为挑不出美神阿佛洛狄忒的不好而气死。

市太远，就会妨碍某些正常事务的进行。但是距离大城市过近，那也会让日常生活用品的花费过多，让生活物品价格昂贵许多。

最应当考虑的建筑地点是那些能够买到的连成片的广阔之地，这种地方能够便于人发展大产业。换言之，最好不要去买那些让人觉得空间狭小并且难以扩大发展的地产。要是有不同居所的话，最好相互比较一下，不要把它们置于同一地方。应当在住所当中扬长避短，以便某一所房屋里所缺乏的东西可以在另一个住所里获得补偿。当初，卢库拉斯回应庞培的话就是很有说服力的。庞培有一次看见卢库拉斯的一所宅子——气势恢宏，楼阁敞亮。于是庞培说道："这可真是一所消夏避暑的好地方，不过到了冬天你怎么办哪？"卢库拉斯听了一笑，答道："你可要知道，鸟儿也会在冬天快要来临的时候随时迁居的。难道你以为我没有它们聪明吗？"[①]

接下来，我想从房子的坐落位置，来谈一谈房子本身。西塞罗曾经写过一本《论演说者》[②]。不久以后，他又写了一本书，名字叫做《演说家》[③]。在他的《论演说者》一书中，西塞罗讲述的都是些演说的基本规律。而在他后一本书中，西塞罗讲述的则是关于演说的方法和实践。因此我们借此来说明某位君主或者王公的建筑官邸，并且把它作为一个简略范式来说明。因为在目前的欧洲，梵蒂冈宫和埃斯克利亚尔宫[④]之类的庞大建筑物，其中几乎没有一处是优美讲究、宜人享受的居处，这种情形真是令人惊异。因此，要是有一座完美的官邸，那么这座官邸首先就必须具备几个不同的功能，而且起码应该有一方面，正如

①卢库拉斯，罗马著名将军。

②参见西塞罗《论演说者》。

③参见西塞罗《演说家》。

④梵帝冈宫和埃斯克利亚尔宫，马德里西北处四十余公里处一群皇家行宫，由名建筑师托莱多设计建造。

《圣经·以斯帖记》当中所说的那样，可以在这座官邸里举行宴会[①]。此外，房屋还要适于家居。宴会是为宴饮演剧之用，而住家则是为了居住之用。

我这里所说的这些方面，并不一定只是限于官邸的后院。它们完全可以是前院的某一部分，并且与后院一样，它们在外表上应当也是一致的。尽管官邸可以分为几个部分，然而宴客厅和居室还是要处在官邸正面且居中的一座高大堂皇楼阁的两侧。这就使得这一座官邸像从两边连接起来的一样。而在宴客厅的那一端正面的楼上要有一间大厅，高大约要四十英尺。在宴客厅的楼下，应当有一间宽大的屋子，专门存储演剧游艺之类用品以及为演员化妆用品。在官邸另一侧，就是住家的那方面，应当隔离出一间客厅和一间祈祷室。两者最好用分壁隔开，这样就会显得美观大方。当然，这两个房间不应当占据这座楼的所有空间。在另外一头的剩余空间中，最好还应该分别有夏天和冬天的客厅。这两个客厅都要相当美观才好。主厅这侧的房子除了客厅以外，还要有一个地窖、小厨房、伙食房、食器室等。

至于正面中间的那座塔楼，应当至少有两层是高出副楼（宴客厅和居室）之上的，每层高约十八英尺。楼顶上应该用好铅皮做房顶，周围有护栏，并且每个护栏上都设有雕像；这座楼应该按需要分成若干房间。通往上层的楼梯最好采用旋转样式设计，应该建在一条既好看又显露的中柱上方，并且用原色的木质雕像围绕起来。楼梯顶端也应当配有很讲究的装饰。要把下层房屋作为仆人的餐厅。由于仆人吃饭时气味会顺着楼梯传到楼上，就好像从一个烟囱里往上冒烟一样，因此，最好等到主人吃过饭以后，仆人再吃。要注意第一层楼梯的高度，大约是十六英尺，

①参见《圣经·旧约·以斯帖记》第1章第1节至8节。

也就是楼下房间的高度。这栋楼的前部应当有一个非常漂亮的庭院。庭院四面都有房子，而且其他三面的建筑高度要比主楼要低得多。在这个院子四角建有角楼，里面有漂亮的楼梯。当然角楼的高度也要低于主楼，此外和其他三面那些较低的房子也要相互对称。

院子最好不要用砖石砌筑，因为这样会使得整个院子夏天太热，冬天更冷。不过，四面的小径和院子的十字路口是可以砖砌的。其他空地应当种植草皮。当草长起来之后，要经常修剪，不过剪得不可过短。客厅对面的厢房，应当作陈列室用。在这些房间当中应当有三到五个精美小圆顶阁，安设在距离相等的地点，并且还要装有各种有着精美彩绘图形的玻璃窗。在居处那一栋楼里，应当有会客室和宴饮厅堂以及卧室。主楼之外的另外三面的房屋应该是双层的，房间不要都朝阳，这样你就可以上午下午都有避光的房间了。事实上，建造这种房子就是为了设法拥有既宜消夏也宜过冬的屋子——要夏天有荫，冬天温暖。有时候，可以看到一些很好看的房子全是金光闪闪的玻璃，多得不知让人到哪里才可以躲避日晒，其实这是很不好的。不过，凸窗还是比较有用的。凸窗要设在比较幽静的地方，并且能够避开日晒风吹，从而日光贯穿全室而又避开了日晒。不过，这种窗子最好少用。在城市的临街房屋，最好还是多用平窗。

主楼左右两侧的房屋最好设有四个这样的窗子，一边两个，面向园子。主楼后面还应当有一个内院，与上述的那个前院面积一样大，四周的屋子一样高。内院四周全是花园，四边要带有走廊，并且建在匀称美观的拱门里，高度与第一层楼相当。在下层临近花园一面，那些屋子应该建得冬暖夏凉。这些屋子的窗户都要开向花园，并且要高一些，用以避除潮气。在内院中间，还应该有一个喷泉或者雕像。这个院子道路的铺砌方法，应该与前院一样。房屋的两厢应该作为私人寝室。在这些房间当中，应该有间房子专门用做医疗病室，并且附有卧室、客厅、后屋等，以备主人或是贵人获病时，前来养病。这个房间应该在楼的二层上。在二层上，应该有用柱子支撑的漂亮的阳台。

在第二层的另外三面，也都应当有开朗明亮的长廊，漂亮的柱子用来支撑阳台或者悬楼欣赏花园景色、吸收新鲜空气。在最远的一端两角，应有两个厢房式的优美的小阁子，地上铺垫精致，墙上挂画丰丽，窗上玻璃晶莹。中间是一个富丽的圆顶，可以装点上让人联想丰富的优美饰物。在那第一层的长廊上面，如果地方足够的话，最好摆有几口喷泉，从墙上喷射水柱。

不过在官邸（主楼以及副楼和园子）之外的空间里，最好再建造三个庭院。第一个是一个素朴的、四面有围墙、长着绿草的院子。第二个庭院和第一个差不多一样，不过必须稍加装饰，在墙上装饰一些小小点缀即可。至于第三个庭院，它要与官邸正面合成一个正方形院落，但是周围不要房舍垣墙，三面都要用露台围绕，顶部用铅皮装饰，要用柱子而不是用拱门支撑长廊。至于官邸办公用的场所，最好应该让它们距离官邸稍微远一点。并且要设有比较低的人行走廊，以便由此通向官邸。

# 四十六　论园艺

万能的上帝是这个世界上最早的花园经营者[①]。园艺之事确实是人生中最为纯洁的一个乐趣。它是人类精神生活中最大的滋养品。如果没有园艺事业，那么房屋官邸就都不过是一些人工摆设罢了，我们的生活环境肯定也是不够完美的。世人常常可以看到，在人类那些崇尚文明、向往进步的风雅时代里，人们在建造他们的高楼时，总是首先想到要利用一些精美的园林设置，来完美配置堂皇的朝天建筑。仿佛生活环境里面只有有园艺的话，那才是真正名至实归的一种完美。

我认为，在那些皇家花园的设计过程当中，起码应该考虑到房屋周围最好栽种不同的花卉，从而拥有四季如春的美好时光。也就是说，我们的房屋旁边，一年四季里面的每一个月，最好都有各式各样的时令花木。即便是在萧瑟的冬季，也需要种植一些常绿的植物。比如四季青、常春藤、薰衣草、长春花、月桂、杜松、柏树、冷杉、水松、菖蒲、香橙、柠檬、橘树、枞树、迷迭香、石蚕花、菠萝蜜树、鸢尾花、桃金娘等。不过，墨角兰最好要种植在向阳的墙角下。到了一二月的时候，还要适时栽培樱楮树、黄灰两色的番红花，还有樱草、白头翁、郁金香、荷兰风信子、小鸢尾、贝母等。到了三月时，单瓣蓝色的紫罗兰会最早开放。接下来开放的有黄水仙、雏菊、杏花、桃花、山茱萸花、野蔷薇等。

---

①参见《圣经·旧约·创世记》第2章第8节。

在四月，要开放的有双瓣的白香堇、黄紫罗兰花、香紫罗兰、黄花九轮草、蝴蝶花、各种各样的百合花、迷迭香、郁金香、重瓣牡丹、淡色水仙、忍冬、樱花、丁香、李花、梅花以及抽叶变绿了的山楂树。在五月和六月，各种的石竹中，最美的娇羞石竹会盛开，各种的蔷薇中麝香、蔷薇算是开得比较晚的。此外，忍冬、杨梅、紫草、法国万寿菊、非洲万寿菊、樱桃树、醋栗、无花果树、蔗莓、葡萄花、薰衣草、开白花的香兰、百合草、铃兰、苹果花等也会陆续开放。七月份开放的有紫罗兰、麝香蔷薇、菩提树，会收获早熟的梨子、结实的李子，还有早熟的林檎等。八月份还有各种成熟了的李子、梨、杏、榛子、甜瓜以及盛开的伏牛花和各种颜色的附子。九月里有葡萄、苹果、罂粟花、桃子、半边红而肉色黄的桃子、油桃、山茱萸、冬梨等。在十月和十一月则有楸子、枸杞、洋李、插枝或者移植过的要晚开的蔷薇、蜀葵等植物。

尽管上面这些花木之类的观赏之物都受伦敦当地气候的影响，但是我的意思却是显而易见的，也就是你可以因地制宜因时制宜地种植花木，从而享有“永久的春天”。因为花卉香气飘荡在空气中，要比摘在人手里芬芳得多，所以再没有比懂得花卉技艺从而使花朵在空气中散布芬芳这种乐趣更为好的了。蔷薇有淡红的和大红的，它们都是香气清淡的花。你尽可以走过一大排的蔷薇旁，而闻不到她们散发出来的一点浓郁香气。这些花甚至在清晨露水之下，也是如此。月桂在成长期间也不会散发香气。迷迭香的香气也不多。墨角兰的香气也比较轻。在空气中散发香气最浓郁的超过了其他花草的，恐怕就要算三色堇花了，尤其是白色重瓣的三色堇。这种花一年中开花两次。一次在四月中旬，另一次在圣巴索罗缪节[①]前后。次香的就是麝香蔷薇，再就是将落

①圣巴索罗缪节，该节在公历8月24日。

的杨梅叶子。杨梅叶子能散发出一种最爽心的香气。

再接下来花香迷人的恐怕就是葡萄花了。这种花是小粉花，好像小糠草的粉花一样，它是在葡萄穗初发的时候开的。然后就是野蔷薇，之后再就是黄紫罗兰花。如果把这些花种在一间客厅里，或者低层房间的窗户下面，淡雅的花香当然是一件让人兴致盎然的事情。接下来，还有各种各样的石竹和紫罗兰，尤其是花坛石竹和丁香石竹。然后是菩提树花，而后是忍冬花，不过欣赏忍冬最好还是要远一点。关于豆花，我不想多说什么，因为它们是田间的一种小花，并不是观赏花卉。可是也有三种不属于观赏花卉但还是值得让人流连其侧的，它们分别是小地榆、野百里香还有水薄荷。所以你尽管纵情地把它们种植地遍布整条园径。这样，你在它们身边散步的时候，就可以享受足下芳香了。

花园的面积，一般不应少于三十亩地[①]。并且应当把花园分为三个部分：第一部分，一进园门的地方是一片草地。第二部分，靠近出口的地方是灌木丛。第三部分，也是花园的最主要部分应当在整个花园正中间，此外花园两旁应当还有人行道。最好园地里有四亩地用来作草地，有六亩地用来作荒地。两边各占四亩。十二亩作为正园主用。花园里的绿草地可以带来两种乐趣：第一，再没有比剪得整整齐齐的绿草更令人赏心悦目的了；第二，在这绿草地中间辟出一条人行道，由此，你可以一直走到一片堂皇的篱垣之前。而这篱垣也是用以围绕正中央花园的。不过这条道路就是不免稍显长了点。

在一年或者一天当中天气最热的时候，你不应当为了获求园中荫凉而停留在草地上，受到草地散发出热量的烘烤。所以你须在花园两边布置两条大约十二英尺高的长廊。之后，你便可

①此处为英亩。

以在这些荫蔽的花园走廊中，尽情到达园中任何一处荫凉地。至于那些采用各种颜色的泥土所安设的花坛，设计成不同的图案，把临近花园的部分居室雕成花俏图案的事情，不过只是一种小玩意儿。至于这些图型，你完全可以在糖果点心皮的装饰图案当中见到。我个人认为，一幢花园的主要部分最好是正方形的。它的四面以堂皇有致带有拱门的篱墙支撑围绕。这些拱门应当建在木质柱子之上。每个拱门大约有十英尺高，六英尺宽。拱门之间的距离应该与每一个拱门的宽度一样。在这些拱门上还应当有一圈篱墙，也需木工制作；在这层篱墙上面，每一个拱门上方，还要有一个小角楼，它的中部圆形凸出，能够容纳下一个鸟笼。在每一个拱门之间的上方，应该有些式样别致的雕刻图案，衬托各色玻璃瓷砖，以便在阳光下幻化出缤纷多彩的景象。但是这一个篱墙，要建筑在斜坡之上（不过那只是一道平缓斜坡），高约六英尺，上面尽栽鲜花异草。

这一个方形的花园宽度，不应占据整个园地的宽度，而应当在两边留出一些地方来。最好将空出来的地方做成通幽小径，而这些幽美径路，可以由上面那两条葱荫覆盖的通路随心达到。但是在那个正园里，不可有那些通向篱墙的小径。那会阻碍你的视线。你的目光从前面草地上望过来的时候，会看不清楚园中那些漂亮多姿的篱垣。同样，后面也不可有。至于这大篱墙以内的园地布置，我觉得应该给予不同手法的精心设计。不过，要记住一件事情，那就是一定不可以雕工繁复，手工过重。比如我个人就不怎么喜欢在杜松或者别的园木上面雕刻一些花俏图像。不过，这类图案倒是小孩子很喜欢的。但是，小巧的篱墙、圆润的滚边、附带的尖塔，都是我个人比较喜欢的样式。在花园的边缘，设置一些美观而又有木雕的立体柱子，也是我比较喜欢的。

园中的有些通路也应当显得宽广美观，旁边的通幽小径倒是可以狭窄一些。另外在园子两侧的空地上，你也可以设置一些拥有廊顶的小巷子。但是在正中的花园里却不可以这样设置。在花园正中心，最好应当有一座形象逼真的小假山，它有三级梯道与山道，梯道每一级顶上留出一圈平地来，其通路可以容纳四人并肩而行。这些平路环绕小山，旁边不要有任何屏障或者鼓凸出来的建筑物。整个小山应有三十英尺高，在上面还应有一座宴客餐厅，里面的布置要讲究、整洁。窗户上面的玻璃不可太多。至于园中的喷水池，是很美艳且极能吸引人的景致。但问题在于，水塘一类的东西可能也会有损环境，而且会让整个园子变得不大卫生，充满蚊蝇，青蛙乱跳。我觉得园中泉水应当有两种：一种是喷水或者冒水的。另一种是盛水的观赏池，池子大约三四十英尺见方。但是池内不要养鱼，注意定期清除淤泥。

上面的第一种泉池，如今通用的是镀金的或者雕有图像的大理石质地的水池。这一类装饰品的效果还是很好的。不过它的主要问题是，如何设法使泉水顺畅流通而不在池中迟滞不动，使得池中之水变臭，或者苔藓聚集，腐败糜烂。此外，这些水池还应当每天清洗。泉池下面设立石级，四周铺砌部分地面。至于后一种园中泉水，我们可以把它称为“浴池”。关于这种泉水，我们还是可以用许多奇思异想为它带来美感。最好应当精致铺砌图形。池的两旁照样铺砌，并且要装饰有颜色的玻璃和富有光彩的东西。泉池周围环以雕像，等等。但是主要的问题是如何可以使泉水永远流动呢？其水源于较高一层水池，可以通过美观的水笕，然后再用距离相等的水孔或者水管，让水由地下外泄，引出泉外。至于那些细节设计，比如水流如虹而不溢，让水上升喷射（鸟羽、酒杯、天盖等喷射形状）。这些显然都是很好看的东西，对于养生和娱乐，还是有一定意义的。

至于园中的第三部分，也就是所谓的灌木区，我以为应当尽显粗犷之风。在园中不应当有任何树木，除了几丛野蔷薇和忍冬，其间再掺杂一点野葡萄之类的植物就可以了。园子里要多植香堇、杨梅和樱草等。不过这些花卉都是有香气的，而且它多生长在阴凉的地方。因此，其栽种布局，应该是散布各处，并不要有特定的安排或次序。我比较喜欢鼹鼠丘一类的小土堆。在这些小土堆上面，可以栽植一些野百里香。此外土丘上还要栽种石竹，还可以栽种石蚕花（这是一种很惹眼的花），还应该栽种一些长春花或是香堇、杨梅、樱草、雏菊、红玫瑰、铃兰、红色捕虫瞿麦、熊掌花等。在这些小土堆上，栽种的这些花卉尽管不怎么名贵，但它们却有着十足的香气，同时又格外好看，完全能够叫人赏心悦目。

有些土堆上可以种植一些直立灌木。比如这些独立木种：玫瑰、杜松、冬青、红醋栗、桃金娘、迷迭香、月桂、野蔷薇等。不过伏牛花只可以偶而种种，因为它的气味过于浓烈。但是这些花卉都应当常剪常修，以免它们长得凌乱难看。至于园中两侧的隙地，应该在其中多设各种通达小径，悠闲安静，并且其中的一部分要遮蔽阳光，还应当把有些部分造成避风港似的，也好在风吹日晒的时候人在上行走时胜似闲庭信步一般。前面一种小径，应在两端用篱墙围上以避烈风。后面二种小径必须铺上细石，不要长草，以免沾湿了行人的鞋袜。在这些虚巷之中，还应栽植各种果树，能使其攀缘墙壁，各自成行。不过有一点要注意，就是种植果树的空地应该宽阔平坦。空地里面也可以种上少量花卉防止过多收走氧气，从而妨害园中树木。在园中两旁尽头之处，应当有一座小山，山的高度跟人站立时的胸部高度齐平。登上了这个小山，你就可以把四周风景尽收眼底。

至于正中的花园，两边应当拥有美观的通幽小径，并且在小径旁植以果树。园中还应当有一些栽有果树的漂亮小山。山上应设置亭子，亭子里面要有座位，供人休息。不过，园中的景致切不可太密。否则，正中花园将会产生饱和不堪的情形。所以应当尽量保持一定的距离，从而让园中空气流通无阻。这恐怕就要说到园中荫蔽的问题了。我认为，应当特别讲求园中两侧隙地的小径通畅。这些小径，可以让一个人在一年或者一天最热的时候散步。因此，应当把正中的花园当成为一年中间最温和的季节过来休息时而设置的景致。其实，在炎热酷暑中，花园的这个亭子也可以在一早一晚不热的时候过来待着的。至于要将花园建成像巨大的鸟笼子一样的有各种鸟儿的地方，我是不怎么喜欢的。除非它们可以容得下种植草皮，并且栽种上那些活的植物或者灌木丛，否则十分不好。也许只有这样，空间足够大，那些笼中的鸟儿才可以有比较大的活动空间，并且也可以筑造自然雀巢。同时在鸟巢下的地面上，也不至于留下鸟粪之类的污秽了。

正如上面所述，在这里我已经替一个君王或者高等贵族，构造了一个比较实用的花园模型。我所采用的方法，一部分是议论，一部分是规划。规划的并不是一个完全具体的模型，而是它的大致轮廓。在这方面，我也没有想到节省开支费用的问题。但是我想这在那些有钱的王公贵族看来，应该是不成大问题的。他们多半采取匠人的意见，把许多事物规划在一起，而那些费用并不见得就比我的计划节省。有时候他们的预算甚至可能更高。关于花园这一类的东西，他们追求的主要就是一种堂皇富丽。然而这对于真正的园亭之乐，似乎是没有多少帮助的。

# 四十七　论协商

我们办理交涉之类的日常事务，口头协商要比书面文件之类的方式好一些，由第三者或者中间人代理要比本人亲自出面办理要好一些。在一个人想得到一个书面回答的时候，或者在一个人预备将来可以拿出书面证据为自己辩护的时候，又或者在谈话当中被人打断只说了某些只言片语的时候，那么此刻使用书面文件交涉是好的。当一个人能够让对方产生敬意的时候，比如一个上级和下属之间，他们正好身处比较微妙的局面当中，那么一个人在听尊者讲话的时候，往往会把目光专注在对方的脸上，这样就可以大概知道说话的分寸了。还有，当一个人想要保留自己解释的自由的时候，最好要用当面协商交谈的形式。而且在选择替你办理协商交涉的人选时，最好选择那些老实一些的人，那些愿意按照你的委托去做事的人，而且在办事回来以后能够及时向你如实报告协商结果的人。而最好不要选择那些投机取巧利用他人事务作为利己之阶，并且别有用心粉饰自己以图博取他人欢心的人。

另外还要注意，要尽可能挑选那些乐意被委托去协商议事的人，因为这种人往往比较主动，并且可以事半功倍。还要选择那些善于协商议事的人，不要任用徒有其表的人。比如那些有勇有谋的人，可以派他去以理力争；那些巧言善辩的人，可以派他们去说服劝诱；那些机警多智的人，可以派他们去察颜探色；那些莽撞强力的人，则可以派他们去办那些不免理亏的事务。对于那些有幸运福照且以前派他们去做的事情都很成功的人，应当尽量委以重任。因为成功的履历可以叫他们拥有自信，并且这类人也一定会竭力维护他们以前的名誉。

窥察协商交涉当中对方的意向，把事务一下子归到主题上，这不是做事的客观科学的态度。除非你就要如此，用一种从天而降的突然问题先发制人，出其不意，令对手来不及掩饰。

在一桩谈判协商事务中，最好找到那些心里急切想解决事情的人，而尽量不去与那些无所谓的人办理交涉。如果一个人和别人协商议事，那么一切都要满足履行协议规定内的条件才行。通常一个人没有理由要求别人尽什么义务，除非事件本身的性质需要这种义务。或者由于这个人可以劝说对方，让对方相信将来在别的事件上，还有事情需要仰仗他。或者让对方认为此方是诚实可靠的。一切交涉协商的问题，都是一些可以观察乃至利用对方的现实问题。比如一个人在受到了一定程度信任的时候，他便会产生某些相应的性情流露，就会以情报心。或者一个人觉得对方是可以信任的，那么他也许就会对这个人不设防。如果另有需要的话，那么就应当充分分析对手的心理，你必须知道他们的性情和习惯，以便引导他，或者劝诱他。在掌握了对手的短处以后，便可以动用恐吓与威慑手段。对于那些富有实战经验的高人，要洞悉他们的真实用心以便进一步理解他们的言行。最好少与他们对话，不过只要开口所言之语，都应是他们料想不到的。在一切有困难的协商交涉之中，不要一下子就想达到有种便有收的结果。而应当学会等候，时机到了，自然成熟。

# 四十八　论随从

对于那些花费过高的随从，你心里肯定不会太喜欢。恐怕要把自己变成孔雀，尾巴长了，而羽翼短了。这里想谈的是，花费过高的随从，不仅仅是一些消费钱财的人，而且他们的日常生活需求也难免很大。其实，一般的随从都是安分守己的。随从对于自己主人的要求不应当超出主人的善意相待、善言相容，要得到主人起码的安全保护。身为主人者不应喜欢那些习惯于拉党营私的随从，因为他们并不是爱护主人，而总是对别人心怀不平，图谋改变。所以我们常常见到大人物之间一些不必要的误会，许多恰恰是因随从而产生的。一些喜欢夸张的随从到处张扬主人的名声，也是有很多不利的。他们泄露机密，有损主人的事业，并且破坏主人的名声，导致主人遭受他人的孤立和鄙视。还有一种随从也是比较险恶的，这种人和侦探差不多，常常探询主人家中的私事，并且把这些事秘报外人。然而这种人往往很受宠幸，因为他们是相当殷勤的，而且还特别愿意与人交换故事。

一位大人物身边，如果能有与自己事业、身份相符的随从，例如他是一位曾身经战事的将军，而且还有许多武将作为追随者，那么这位将军就会被认为是合适的随从。他的作为即使在君主看来，也不会受什么猜忌的，只要他不过于招摇或者太过于得民心就可以了。但是，世上肯定还有一种比较高明的随从，他被主人认为是一个深通如何与各式人物打交道的人。然而一个贤主，如果没有遇到才德兼备的随从时，任用那些比较平凡的人比任用那些怀有恶心的人更好。说实话，在那些比较黑暗的时代，有才干的人往往比有德性的人更加有用。[①]在处理实际政务方面，君主用人应当具有一定的标准。如果破格录用的人因此非常嚣张的话，那么，其余的人也会起怨愤情绪。因为大家都有权利要求与这人具有相同的资格，希望得到相同的待遇。反过来，在网罗亲信上，根据不同的地位来选择用人还是可以的，因为这种办法可以使被用之人感恩更深。而其余的人也更为殷勤，因为一切升迁全在于得宠。

对于任何一个随从，在他刚开始做事的时候，一般不要过于看重他们。最好不要对他们言听计从。这应是一种比较稳妥的办法。因为如果一开头就对某一个人格外看重，那么以后对他的待遇恐怕就难以为继。要记住只接受一个人的建议是不安全的。因为这种情形已然表现出了你的无能甚至软弱，从而也会使这样的“声誉”传遍天下。因为那些在主人面前表示忠诚或者私下进言的人，在主人背后将更乐于批评那些得宠的人。这样一来，主人的荣誉也将因此会受到损害。然而，过于听从多人的建议，更是不好的。因为这种情形，只能让主人听从少数几个人的说长道短，而他自己毫无定见，变化无常。不过，主人采纳少数良友的忠告，这还是可取的。因为朋友永远都不会损坏主人名誉，并且旁观者常常要比当局者看得清楚。这便是所谓的峡谷更可以显出高山这个道理。古人喜欢夸赞的那种友谊，其实世间是很少见的，尤其在地位平等的人之间更少。世间所有的友谊都是在上位者与下属之间的，因为这两者的荣辱休戚总是融为一体的。

①意指古希腊当时一些奴隶的“积极行动”。

# 四十九　论请托者

许多影响不好的事情以及阴谋都会有人去做，所以私人请托便会使公益腐化。本来很好的事情，常常由那些心坏恶意的人来做了。当然了，我这里的意思并不仅仅是指这种有坏心的人。当然他们甚至也是那些有狡猾的心眼的人——指那种口头上答应而心中并没有想要努力去做的人。有一些人答应了替人办理某事，但是实际并没有真的去替那人办事。可是一旦他们看见事情因为别人力量进而富有希望的时候，他们就极其想要得到那个请托者的感谢之心，要使那个人相信自己确实替他办过什么事情，也好得到一部分额外的回报。或者至少在这件事情还没有完全定断的时候，满足一下那个请托者的期望。有一些人之所以接受别人的请求，仅仅只是为了借此阻挠别人，或者正好借此达到扬某人恶名的目的。当这些目的达成之后，原来所请托之事成败与否并不是他们所关心的。或者一般来说，这些人之所以答应替别人办理某事，原因不过是为了利用别人的事为自己的事搭桥而已。

甚至还有些人，他们表面上答应替人办事，其实心里头却想非要把这件事搞砸。为的是，这么一来便可以取悦于请托者的仇敌或者竞争者。显然，在每种请求之中总免不掉有是有非。如果是为了争讼的请求，其中必然有曲有直。如果是某种图谋升迁的请求，那么其中必然存在有才与不才之别。假如一个人因为受到感情驱使，而在诉讼当中偏向了不正直的一方，那么他最好利用影响做到和解，而不要把事情做绝。假如一个人因为感情用事，而在仕途当中偏向不才的一方，那么他最好不要为了提拔不才者，而造作恶言来损毁那些有才而且值得升迁的人。遇到自己不懂的请求之事，最好去请教一位忠实而有见识的朋友，请朋友分析这种请求之事是否可以做及其原因。但是对于这种咨询顾问者，必须审慎选择，否则就容易上当受骗。请托的人受了迟延和欺骗，必将对此深恶痛绝。因此，如果是请托者初次前来请托，而且你已明白告诉他你不愿意办这件事，但还是要为了面子而替他办事，并且把事情的进展实情告诉他，不要加粉饰或者夸张。等到事情办成了以后，除应得报酬以外，不要另有所求。这样的举动现在看起来，肯定是正当的手段，也是礼貌的，并且也是让人感激的。

在某件事的请托之中，原先的请托应该是并不重要的了。有一点要注意，那就是如果有人第一次前来请求某项特许[①]，而承办人觉得来人没有身份可以提出这一请求时，那么这个承办者此时就应当考虑到请求者对你的信任度了。如果他请求的事，是从他人那里得到的唯一信息，而这种信息又是无从获知的，那么我们就不可以白白地利用了人家的信息，而是应当给予他们应得的报酬，并且让他设法通过别的门路去图谋他想请求的事情。不清楚他人请求的价值是不明智的，而不明白他人公正的请求是没有良心的。在请求办事的过程中，做到保守秘密是通往成功的一个很好方法。否则那只会使很多人知道，你的某项请求事情正在进行当中，如何如何顺利之类的信息。虽然这也可以挫伤别的请求人的图谋，但是同时也会刺激并且引起有些请求者的兴趣，从而私下里加紧请求活动。办一件事情，主要考虑的是要使请求之事适得其时，也就是不但要合乎你所希望的请求人，而且要使自己

①伊丽莎白女王时代的一种封赏朝臣的特许权。

尽力免去他人从中破坏和阻挠的危险。

在挑选替自己办请求之事的人时，最好任用那些最适宜办这种事的人，而不要用那些有权有势的人。宁肯选用那些专门办这种事的人，而不要去用那些包揽一切的人物。如果一个人初次的请求被拒绝了，而他不沮丧也不愤怒的话，那么他的下一次请求，因为前面的遭遇而会得到补偿，请求也将会获得应准。这便是所谓的“所请逾量为的是所获可以适量”。其实这是一条很好的请求规则。假如一个人没有什么获得关照的资本，那么他最好逐渐提高自己的请求地位。假如一个人初次来向我们请求，我们可能拒绝了他。但是假如他已经从我们这里得到过许多好处，那么以后我们就不大情愿去拒绝他了，甚至恐怕失掉这个人的好感与拥护，同时也因此一笔勾销了过去对他的好处。有人通常以为，向一位大人物求获一封推荐书，是一件很容易的请求。可是，假如写这样一封推荐书的理由并不名正言顺，那么将对写推荐书人的名誉有所影响。那没有比那些整天奔波于世，替人奔走相告包揽请求的人更恶劣的了，因为他们确是一种妨害公益的有害之物。

# 五十　论读书

读书学习主要是为了增长才识。心情愉悦的学习相当于是在享受生命——学习主要的用处在于幽居养静。学习关于修养的知识，会使你在谈吐上温文雅致。学习关于发展事业的知识，会对你在处理事务作出判断时大有益处。那些经验丰富的人善于实务，也许能够对于个别事情逐件加以判断，但是，要能够在总体上把握大局、运筹帷幄，则需要货真价实的博学了。当然，在学问上耗费过多，总有一些偷懒的嫌疑；把学问搞得过于书面化只会造成一种虚假表象；而完全依靠学问断章取义则是书生的一种天真。人有了学问可以使人的天性闪光，而学问经过了检验与锻炼，就如同大自然的花草经过不断修剪之后那样，呈现出了美观。学问如果得不到实践的检验，书本知识未免显得过于呆板和笼统。

要知道，学问并不是空洞无物的文字堆积。心术不正的人常轻视学问，老实巴交的人常羡慕学问，而聪明能干的人常运用学问。因为读书和学问本身并不能教人如何运用它们，可是这种运用之道却是从读书和做学问的过程中获得的，甚至是从读书和学问以外的实践经验当中获得的。学问是一种高端智能，它是一种需要认真观察体验之后才能得到的东西。人们不要为了专门的辩驳而去读书，也不要只是为了信仰与盲从而去读书，更不要只是为了假装个人言谈高明而去读书。读书的人学会读书的本领，要以权衡轻重、审察事理为目的。读书的方法多种多样，不同的书适合不同的人。世界上有一些书，可以认真欣赏，仔细品读，也有一些书可以仰吞而下，浏览一下。还有为数不多的一些书，它们需要反复翻看，慢慢去咀嚼消化。

这也就是说，世上有些书，只要倾心去读其中的一部分就够了，也有一些书我们应当尽力通读，但是也不必过于精细去读。还有不多的几部书呢，则可以反复细读，而且要用心去咀嚼它们。更有一些书也可以让人去读，而自己只需要看看他们的读后感就够了，不过这种办法，只适合于比较次要的书籍。否则那些摘录的内容就像蒸馏水一样，淡而无味。阅读能够让人身心充实，身手敏捷。写作和笔记可以让人变得富有条理、精确。因此如果一个人写作较少，那么他就必须有一个好记性。如果一个人较少与人交流，那么他就必须拥有敏捷和机智。假如一个人读书读得很少，但他又假装有学问的话，那么他就必须要有一些可行的狡黠——这样的人会把不知充当为知。

读史使人明智；读诗使人聪慧；演算让人精密；哲学让人深刻；博物让人深广；伦理让人庄重；逻辑修辞使人善辩。这便是前人所谓的“学问变化气质”[①]。不仅如此，人在精神上的缺陷，都是可以通过学问来补救的。这就如同肉体的病患，可以用适当运动进行理疗加以改善一样。球类运动有益于肾脏，射箭有益于胸肺，散步有益于肠胃，骑马有益于头脑敏捷，等等。如果一个人心志不专，他最好去研究数学，因为在数学证理当中，如果神思不专，那他就非要重做了。一个缺乏判断力的人，他最好去研究经院学派的形而上学，因为这门学派讲的是繁琐论证。如果一个人不善于推理，且怯于旁征博引，那么他最好去研究律师的案卷吧。如此看来，精神上的各种缺陷，都是可以通过求知之道来补救的。

①参见古罗马诗人奥维德《女英雄书信集》第15篇。

# 五十一　论党派

世人有一种不智的看法，那就是一个君王治理国家主要就是治理和平衡各个党派当中的人事对立。实际上恰恰相反，治国最要紧的是如何解决与改进国家大事，让大众心满意足，从而使得各个党派放下短长之争，一致赞同正途的事务。至于对待个人的观点，最好只就他的个人身份，而不去考虑他的党属地位如何。当然，我并不是说所谓的党派立场是可以忽略不计的。可以肯定的是，那些出身低贱的人，他们在仕途的升迁过程中，必须要依附一定的党派不可。但是那些已经身份显赫的人物，他最好保持一种无派无党的中立态度。那些初入仕途的人，虽然不免有所依附，但最好要依附得温和乖顺，不要死心塌地，要使自己成为本党派人物当中最能获得其他党派同情的人。如此一来，他的升迁之路也许便可能很顺利。势力较弱的小党派在内部往往是团结一致的。所以我们常常可以见到，有一些不屈不挠的少数人党派，竟能整垮那些较为松散的拥有很多党员的大党。

可怕的是，两个党派之中的一党倒了以后，剩下的另一党派就开始自我了分裂。比如当年，庞培和恺撒一时结盟，向卢库拉斯的元老院开战。元老院威权被打倒后不久，恺撒和庞培就发生了分裂。再有，安东尼[①]和屋大维也曾结盟，同穿一条裤子，

①安东尼，恺撒部将。安东尼居东方。恺撒死后，安东尼与西方屋大维、雷必达一道，并称三雄。

跟布鲁图斯与卡西乌斯[①]为首的共和党人对立。当共和党人失利后，安东尼和屋大维也就反目成仇了。虽然上面这些例子只是与战争有关的，但是在私人党争当中也是如此。因此，在一党取胜而内部分裂之际，有许多原先的次要党员往往变成了新分裂党派的主要人物。当然如果不幸的话，那么很多人也因为党派的分裂而像垃圾一样被丢弃了。因为他们的优势就在于斗争的本领。在一个党派消灭了另一个党派后，这些人也就没有用了。更有趣的是，那些已经取得党位的人物，马上就会与原本相对立的一党联盟。也许，在这些新党人看来，既然已经抓稳了一个党派，那么现在应当是收买另一个新党的时候了。

两党之中的倒戈者常常易于成功。因为当一种党争相持且久争不下、势均力敌的时候，只需要得到一个中立者的一臂之力，便可以一决胜负。而这人也就恰好把自己的力量投入他感觉可靠的那边去了，增强了它的实力。而接受倒戈者的党派，也对叛党者有所感激和回报。在两党之间的中立者，并不一定是真正坚持中庸之道的人。有的时候他也完全出于个人私利，利用双方的争斗来达到自己的目的。比如在意大利，当教皇们嘴里说“众人之父”这几个字的时候，人们对他们总是有一点怀疑[②]。由此可以看出来，他们有意在一切事务上，宣称自己以家族或国家的尊荣作为前提。君王务须小心谨慎，不可以让自己偏向哪一方，以致一不小心便成了某个党派的党徒。党派总是对君王大权不利的。因为这些党派常常向结党成员要求一种义务，而这一种义务表面看上去是一种高于对一国君主忠诚的义务。甚而有之，有的党派更把君主当成“我们当中的成员之一”。此情犹如法兰西天

①卡西乌斯，身出名门，庞培败后投降恺撒，最终自杀。

②有些类似东方的“家天下”。

主教的“神圣同盟”[③]势力。党派之争过于激烈的时候，正说明了一国君主的软弱。这种情形，显然对于君主的威权和事业大为不利。在强大王权下的党派运转，就像天文家所说的弱小行星一样，这些行星虽然也可以自转，但是它们的公转，仍然应当受到第十层天体上更高的动律的支配。

③法兰西国王亨利三世在位期间曾于两派之间摇摆不定，尤其对天主教同盟更是三心二意。

# 五十二　论礼仪

内在德性高的人，必定拥有真正的才德。就好像不需要花哨陪衬的宝石，自身便会更有价值。但是，假如一个人留心听的话，就可以注意到耳边的那些赞扬之语，就像生财取利之道一样，“小利能够生大财”。因为，小利来得容易，大利偶尔一见。同此道理，那些小小的举动常常会得到很大的赞许。因为这些小举动是经常会有，而且与人频见。而那些大才大德，不同于小仁微义，所得机会如同节日一般少见。因此，一个人若是拥有比较好的礼仪，那对他的名声是有所帮助的。这正如女王伊萨贝拉所说的“像一封永不失效的推荐书一样”①。

人要想做到有良好的礼仪，只要处处留意就可以了。因为只要重视它，你自然就会从别人身上留心观察这些事情，并相信自己看到了真实的情况。假如你的表现过于做作，而又想表现出良好的礼仪，那么你就会彻底失去礼仪的优点，因为其优势就在于你的自然纯真。有些人的举止好像一行诗，而其中的每一个细节都是经过仔细推敲了的。不过，一个如此在小节上过分雕琢的人，又怎么能够处理大事呢？当然，完全不讲礼仪，其结果往往是让别人对自己减少尊敬之心。尤其是在与陌生人交往或者处理事务时，不可不讲礼节。但是专讲繁琐礼节，并且将其推崇到了比月亮还高的位置时，那实在又是一种繁冗之举，甚至会丧失人

①伊萨贝拉女王，公元1450年至公元1494年。

家对你的信任。当然，在言辞中也有一种表达动人之语的方法。假如一个人能够获得这一方法，那么它会大有裨益的。

一个人在朋辈当中可以亲密无间，不过仍要矜持一点好。在下属那里可以得到尊敬，不过还是亲密一点好。假如一个人事事都插手，那么如果换了个环境，他的这种行为就会惹人厌恶。一个人替人办事是好的，只要他显出这样做的动机是出于对他人的尊重，而不是出于个人私利就行。一个人在赞同别人的时候，要附加上一点自己的话。比如说，你赞成他的主张，可是又要稍有不同意见。你附和他的建议时，又要带上一点条件。你赞成他的议论时，还要加上一点评价的理由。需要注意的是，不可过分恭维。如果过分恭维的话，无论你表现得怎样出色，那些嫉妒你的人都仍是要诋毁你的。要记住，如果去指责别人的优点，就等于更厉害地损坏了你的德性。假如，在一件事务当中过于多礼，或者过于注重小节，也是不好的。正如所罗门所言，“看风的人不能下种，看云的人不能收获”[①]。一位有智之士创造的机会比他等到的要多。人的举止应当像他们身上的衣服，不可以太紧或者过于讲究。衣服应当宽舒一点，以便于工作和行动。

①参见《圣经·旧约·传道书》第11章第4节。

# 五十三　论称赞

能否获得赞誉以及获得多少赞誉，常常是衡量一个人才干与品德的标尺。但是同时，这也如同镜子里面照射出来的映影一样，几乎属于一种幻影。如果这种赞誉来自世俗人群，那么它多半是虚假的。因为世俗之人是难以理解那种真正崇高的美德的。世俗人群对于真正的才德没有什么识别能力。这就使得那些表面上的做作表现和假冒才德，反而最受世俗人等开怀欢迎。名誉好像是一条河，它能够承载轻浮的空中之物，也淹没沉重的坚实之物。但是，假如那些有地位和见识的人，同声称誉某人时，这情形犹如《圣经》当中所说的，“美好名誉如同香膏”[①]。它的香气播撒四方而且不易消逝，且比花卉的香气更加持久。

对于别人的称誉是可以深入怀疑的。可以恭维一个人的原因实在太多了，所以一个人怀疑人家的称誉，也是有一定道理的。世上有的称誉，只是一种谄谀吹捧。要是说这种称誉的话的人就是一个世俗的谄谀吹捧者的话，那么他嘴上就会常常说出很多肉麻的套话。这些话对谁都可以说出来。他要是一个奸猾的吹捧者，那么他就会模仿那些吹捧大王，言不由衷。一个人要是自以为某一方面超强，最擅长做某事，最富于某种美德的话，那么他身边就会有一个奸猾吹捧者，竭力称赞他在这些方面的突出特

①参见《圣经·旧约·传道书》第7章第1节。

点。但是，假如他是一个胆大妄为的鼓吹者，他就会找出一个人，并把那个人感觉最有缺陷、深感可耻的地方，反而一再吹捧，把缺陷吹成优点，从而进一步“麻木他的知觉”。

世上也有那么一些称誉，是源自善意与尊重的。表面上看，这些称誉显然是一些励志之辞。对于这样的称誉，我们对于帝王或者伟大人物身心之上，应当采取“以称誉为教训”的称誉。同时也就是说：称赞他们是怎样时，实际就是告诉他们应当怎样。

有一些人受到了称誉，其实就容易被人恶意中伤了。这样的称誉，引起了别人对他的嫉妒心。这便是前人所谓的：“最恶毒的仇敌，就是那些恭维你的人。”所以希腊人也有一句古老成语这样形容道，“被人恶意恭维的人，鼻子上是要长上小疮的”[①]。这也就好像我们的俗语所说的，“说谎的人舌头上肯定要长疮”。应当注意的是，一些好的对人有益的称誉，最好适可而止，而且不要太俗。这正如所罗门说过的那样：“清晨起来大声地称赞朋友，其实等于在诅咒朋友。”[②]

把某人或者某事夸大，常常会激起一些反对意见，甚至得到一些嫉妒与轻蔑。至于一个人的自夸自赞，除了在很少的情形下，一般是不能言之成理的。但是，如果你吹捧自己的官职或者职业，可以用漂亮的语言并且带有一点豪气去夸奖。以神学家、宗教人士、经学家等组成的罗马主教们，对于身边的文职人员（以及战争中的将军、外交上的官员、司法上的警察和其他的非神职人员等）有一句比较轻蔑的话来形容他们，即“斯比来累”（sbirrerie）。意思就是说，那些处理日常工作的“代理执行官吏”皆属世俗之物。其实这些世俗人物做的事，常常比主教高深莫测的思辨要强得多。因此，圣保罗在

①参见公元前3世纪希腊诗人西奥克瑞塔斯《田园诗》第9篇24行。

②参见《圣经·旧约·箴言》第27章第14节。

自我吹夸的时候，还会常常加上这么一句“请容我说一句大话”。但是在说到他职务的时候，他就会这样说：“我又要荣耀一下我的职责了。”[①]

①参见《圣经·新约·罗马书》。

# 五十四　论虚荣

对那些不知天高地厚的人，伊索有一个寓言来这样形容，“苍蝇坐在战车轱辘上大喊：我扬起了多少尘土啊”[①]。伊索的这个寓言实在高妙。那些自称天下高人的人，无论他们（主动或被动）做任何事情，只要他们在其中发挥了作用的话，而无论作用大小，他们就会自以为这些事情是完全依仗他们的力量才完成的。一个好自夸的人，必定是挑拨离间的人。因为一切的夸耀都是靠着比较来进行的。这种人也必然是过分的。因为只有如此，才可以支持自己种种的个人夸耀。他们往往不能保守秘密，所以他们是没有什么实际贡献的。这些人正像法国一句成语所说的那样：“声音很大，结果很小。”然而在行政事务中，这一种品性也是确有其用的。每逢需要造就一种大才或大德名声的时候，这些人就是很好的吹鼓手。比如李维关于安提奥喀斯和埃特利亚人所说的那样：“有时候双方的谎言都是富有奇效的。”[②]

一个游说者在两位君王之间交涉，他想方设法引导他们联合起来，共同向第三国开战。所以这个游说者对双方君王的游说之词就言过其实，高夸品德，炫耀兵力。在这两位君王之间奔走相告时，游说者肯定对双方都要夸张地表现自己对双方的巨大影

①参见伊索寓言。

②安提奥喀斯是公元前2世纪叙利亚王。埃特利亚是古希腊著名城邦。

响，结果倒是把自己的声望抬高了。所以在上述类似事件当中，往往会从空洞信念当中产生有形的物质力量。有时候，谎言足以引起意念，而意念又能够导致行动。在将帅与军人方面，虚荣心是一种不可或缺的东西。这就如同一块良铁与另一块同样的良铁相互摩擦而变得锐利一样。在冒险的大事业当中，某些看似大话的豪言壮语有时也能够增添一份胆力。而有的时候，那些天性厚重严肃的人，倒是有些像压舱物，而不是行船的风帆。在学问名声方面，如若没有一些夸耀的成分，那么你的名声很难远播。因此，西塞罗有一句名言说："那个写《蔑视虚荣》一书的人，也不会忘记把自己的名字写在封页上。"[①]

历史上，像苏格拉底、亚里士多德、盖伦[②]等人物，都是一些具有夸耀心的人。并且，虚荣心确实是一种使人留名百世的推动力量。所以那些以德性本身作为目的的人，绝对没有那些把德性当做猎名的手段的人，能够收获名利和荣誉。像西塞罗、塞内加、小普林尼[③]等人的声名，如果不是与这些人本身具有某种虚荣心联结在一起的话，也不会在现世如此经久仍新。这一种虚荣心如同天花板上的那层护板油漆一样，不但使得天花板能够持久发亮，而且还能够起到保护作用。这里，我在用"虚荣"这个字眼的时候，并不是指塔西佗形容莫西努斯拥有的那种品德。塔西佗说："他有一种能够漂亮炫耀他一切言行的本领与技巧。"应当知道，这种本领与技巧并非出自完全的虚荣心，而是出自天生的见识与大度。而在有些人看来，这种见识与大度不但漂亮而且高尚。

那些故作雍容，退让和节制得宜的自恃谦逊，都不过是某

①参见西塞罗《幸福论》第1卷第15章。

②盖伦（Galen），公元2世纪的医生和作家。

③小普林尼（Pliny），约公元61年至约公元114年人，著作有《颂帝辞》等。

一种炫耀之术。在这些炫耀术当中，没有比小普林尼所说的那种更好的了。即在你自己有所长的某些方面，如果别人也有一点长处，那么你就应当毫不吝惜地去多多称颂那个人。小普林尼有句话说得相当巧妙："在称扬别人的时候，你其实也是在替自己做好事，因为你所称扬的那人在一方面，要是不比你强就是还不如你。如果他不如你，那么他既然值得称扬，那么你就自然更加值得赞扬了。如果他是胜过你的，那么假如他不值得赞扬的话，那你就更加不值得称扬了。"那些爱好炫耀的人，往往都是明哲之士所轻视和极力回避的。愚蠢者所追求的，也是讲空话大话之徒的奉承。这些人往往也是受虚荣支配的奴隶。

# 五十五　论荣誉

一个人的荣誉应当跟一个人的价值成正比。如果一个人的荣誉大于他的价值，那么他难免会受到人们的议论乃至不恭，并且很少有人在心里羡慕他们。还有一些人则恰恰相反。他的价值大于他的荣誉。正是由于这些内在的价值大于他们的荣誉，因此他们也就往往不为世人所识。内在价值无法反映他们的才德，导致他们陷于被动，无法展示自我价值。因此，他们在一般人的眼中常常是被低估的。假如一个人能够做成一件他人从未做过的事情，或者做了一件经他人已然尝试过而失败的事情，或者是别人也曾经做成过却未做得那么完善的事情，那么如此一来，他们就可以比那些步别人后尘而做成一件更难或更大的事情的人，获得更多的荣誉。

假如一个人讲求中庸之道，那么就必须尽可能自我完善，要把公务办得圆滑可人，让这些事情的结果可以取悦于任何一派或者他人。如此一来，对他的赞美就会更多了。如果一个人成功办好了一件事情，然而他由此所获得的名誉也远不如失败时所得到的耻辱那样更让人记忆深刻，那么这个人就是不大善于爱惜自己的荣誉了。由比较得来的荣誉应是最明显的，这就如同切割了许多面的钻石一样耀眼。所以一个人应当竭力与跟他竞争的人一试高低，争锋取胜，一定要在尽可能的范围内，用个人的长处战胜对手。谨慎有识、默默效力的随从对主人的名誉是大有帮助的[①]。这正如西塞罗所言那样："主人的名声都是来自这个人的家里人的"[①]。

任何一种嫉妒心都是荣誉的天敌。如果想要消灭这种嫉妒之心，最好的方法就是证明自己的目的在于追求事业而不是获求名声，并且把自己的成功归于上天福佑，而不是把它归于个人才德或智慧。对于一国君王的荣誉，在此可以将其分为五个等级：第一等荣誉要给予那些打下江山的开国之君，像罗穆卢斯[②]、居鲁士大帝[③]、恺撒大帝[④]、奥斯曼一世[⑤]、依斯迈耳一世[⑥]等。第二等荣誉要给予国家法令的创制者。这一类君王也叫做万世之君，因为在他们逝世后，仍然能够以他们所创立的法理治国。这种人像莱克格尔斯[⑦]、梭伦[⑧]、查士丁尼一世[⑨]、埃德加[⑩]，还有立"七法"的西班牙卡斯利提亚干阿芳索[⑪]。第三等荣誉要给予那些"解难之君"或者"救国之君"，比如结束内战，消除长期困苦，或把国家从异族暴君的束缚中解救出来的君王。这种人有

---

①参见英国民谚："仆人眼中无英雄。"

①参见西塞罗演说集。另参见西塞罗《执政官竞选手记》第5章。

②罗穆卢斯，古罗马城创建者，古罗马第一代国君。

③居鲁士大帝，波斯阿契美尼德王朝开国君王。

④恺撒大帝，罗马共和国向罗马帝国的过渡者。执政时间为公元前49年至公元前44年。

⑤奥斯曼一世，奥斯曼帝国开拓者。

⑥依斯迈耳一世，伊朗萨非王朝开国之君。

⑦莱克格尔斯，古代斯巴达立法者，约为公元前9世纪至公元前8世纪人。

⑧梭伦，古代雅典政治政家。公元前594年出任首席执政官，主持修改宪法并且制定新法。

⑨查士丁尼一世，拜占庭帝国皇帝。曾经主持编写《查士丁尼法典》。

⑩埃德加，古代英格兰撒克逊十二世君王。英格兰首位立法者。

⑪阿芳索十世，西班牙卡斯利提亚汉莱昂王国君主。

奥古斯都、韦斯帕芗、奥勒良[1]、西狄奥多瑞斯[2]、英王亨利七世[3]、法王亨利四世[4]等。第四等荣誉应当归于扩疆拓土之君或者保国之君，比如那些用光荣之战扩张疆土或者以光荣自卫战抵御侵略的君主们。获得最后一种荣誉的君王，应当是那些国父，也就是那些治国有道，让所处时代天下太平的君王。对于最后这两种人物，这里无须举例，因为这样的君主实在很多。

至于一国臣民的荣誉，这里也应当分级如下：第一等荣誉应归于那些为主分忧之臣，也就是那些能为君主分担重担的大臣，即人君的左右手。第二等荣誉要给予那些统兵大将，也就是一国的伟大军人领袖，以及辅佐君主并在军事上建有大功的人。第三等荣誉要归于亲幸之臣，比如那些能得君心而不扰民的人。第四等荣誉要给予国家的能臣，也就是那些身居高层而尽全力办大事的人。还有一种荣誉，也可以列于这些最高荣誉当中的，它是并不常见的一种殊荣。要把这种殊荣给予那些为了国家勇于捐躯的忠臣，像马喀斯·雷古拉斯[5]、德西亚斯父子[6]，等等。

---

①奥勒良，有“世界光复者”之誉。奥勒良结束罗马塞佛鲁斯王朝，恢复罗马帝国统一。

②西狄奥多瑞斯，公元495年击败意大利蛮族，建立了东哥特王国。

③英王亨利七世，公元1485年开始了都铎王朝统治。

④法王亨利四世，公元1598年宣布天主教为国教。在欧洲开宗教宽容先河。

⑤马喀斯·雷古拉斯，古罗马将军，在战争中为迦太基人俘虏，最终遭杀害。

⑥德西亚斯父子，父子双双担任过古罗马执政官，并先后在萨莫奈卫国之战中殉国。

# 五十六　论法律

法官们应当谨记，自己的职权是jus dicere，而不是jusdare。也就是说，是解释和实施法律，而不是制订或更改法律。如若不然，法律便会形同虚设。对于司法之权，我们这里可以借鉴和吸收罗马教会的教训。罗马天主教会里的宗教人士假借《圣经》之名，不惜凭空添改并把《圣经》当中找不出来的法则设定为他们所需的律条，宣之天下，伪造古貌，创立新法[①]。作为法官，其学问应当多于机智，其尊严应当多于平常欢心，其谨慎应当多于自信。就像犹太戒律所说的那样，“迁移界石者将受诅咒”[②]。那些挪动界石的人是有罪的。但是那些不公的法官，在他对于田地产业作出错判误断的时候，才是真正的移动界石者。一次不公的判断比多次不平的举动造成的危害更大。打比方说，因为这些不平的举动，不过弄脏了一渠水流，而那不公的判断却把整个水源都败坏了。因此所罗门说：“仁人在恶者面前败讼，就好像是搅浑泉水，弄浊井水。”[③]

司法官员的职权与诉讼者、控辩双方、书记人员、警吏人员以及自己的君主或国家都是有关系的。这种关系大致如下：

第一，这里先谈一谈诉讼双方当事人。《圣经》上说：“有

①罗马天主教会声称有权解释《圣经》。参见《圣经·新约·马太福音》第16章第19节。

②参见《圣经·旧约·申命记》第27章第17节。

③参见《圣经·旧约·箴言》第25章第26节。

的人把审判之举变为苦艾。"[①]现实中，确实也有把审判之事变为苦艾的人。因为不公平的判断可以让审判变苦，而迟延不决却让审判变得令人们无法接受。一个法官的主要职责，是消除暴力与奸行诈骗。因为刑事暴力是由明目张胆横行一时的恶毒所为，而诈骗在秘密掩饰的时候分外险恶。面对这两种罪恶时，法官应当严厉公讼这类案件。身为法官应当为公平判决而努力工作，严阵以待，如同上帝为开辟他的通路作准备一样——填高溪谷，削平山陵。所以在诉讼两方之间，若有强力暴虐、巧计罗织、狡诈善辩之类的情形出现，身为法官就应当挺身向前，能使不平之事获得解决，进而使法官的基本判断能够公平。只有如此，才可见其公正之德。

俗话讲"扭鼻子必出血"，而压榨葡萄汁的机器要是用力过猛，它所产出的酒必定是苦涩的，带有葡萄核子味道。身为法官必须要注意，解释法律不可深文周纳。因为再也没有比法律的不公更可恶的苦恼了。尤其在刑事案件当中，法官更应当注意，一定不要让起警戒作用的法律变成虐民害人的工具，也不可把《圣经》上所说的那种"网罗之雨"带给平民百姓。所以在刑事案件中，如有刑法久未执行，或者一时不适行，那么一位贤明的法官就应当及时限制暴行，"一个司法官员的职责，不仅限于审察案件的事实，还要审察这种案件的发生环境……"尤其在人命关天的大案要案当中，法官应当站在法律公正客观的立场上，公平为念，不忘慈悲。并且，应当以严厉眼光对事，而以悲悯眼光对人[②]。

第二，谈一谈关于辩护律师以及法律顾问等问题。司法人

---

①参见《圣经·旧约·阿摩司书》第5章第7节。

②参见罗莱（Rawly）所著《培根传》。罗莱曾经是培根作品的编辑之一。

员要有耐性以及慎重听讼，这是法官的本职工作之一。如果一个法官多嘴多舌，那么这不是一件好事。一个有良好素质的法官，应在适当的时期，把那些可以从律师那里听来的事情，自己首先深入调查、取证和发现问题。在现场打断辩护陈词以表示自己敏察，或者用某些与案件有关的问题把当事人将要陈述的事实预先勾引出来，这都是缺乏公正性的表现。法官在审理案件当中，个人本职常常分为四种：指示取证，审择证据；约束发言过长、重复泛滥的陈述；概括、甄选并审核言论重点；做出相应指示与判决。一旦超过了这些职能，那就超越职权了。而如果出现了这种情况，其原因如果不是自我炫耀，爱好多言，不耐听讼，那就是记忆力不好，或是缺乏沉着公平的注意力。辩护律师滔滔雄辩往往能够获得法官欢心，这种情形实在很奇怪。身为一个法官，应当效法上帝，而上帝此刻应该正坐着。

上帝能够抑强暴而扶温良。世人常见的一种情形就是，法官有时候居然欣赏当场飞扬跋扈的律师，这是很奇怪的。不过这种情形会引起走法官后门之类的嫌疑。可是，法官当场为辩护律师的精彩诉讼发言而叫好，也是法官应有的一种责任。况且对于精彩的辩护，理当有一些表示称赞的方式，尤其在另一边处于不利讼辩时更要为之。因为如此一来，可以增强委托者对辩护律师的信任。同样的是，若是遇到辩护律师怀有诡辩、疏忽证据、追求无度、强词夺理之类玩忽职守的情况，法官也有一种本职责任，可以给辩护律师一个合理的斥责。这一刻身为辩护律师，不可当场与法官唇枪舌剑，激烈对堂，而只有在法官宣判之后再重提此案诉讼。但是另一方面，身为法官也不可以随意迁就辩护律师，或是折中妥协给他一种口实，趁机说他的辩论无力或者证据不全等。

第三，我们接着谈法庭上的书记员和法警。法律场所的神圣之处，不但体现在了它的法官身上，还同时体现在了它的法院职员身上。打比方说，就连那些证人台、听证围栏等设施，都应当全无丑事贪污嫌疑为好。这正如《圣经》所说的：“从荆棘之中是采不来葡萄的。”[①]而从那些贪馋的吏役荆棘丛中，所谓的公道也是不能结出佳美果实来的。举例来说，法庭上的法院职员绝对不可任用以下四种人员：第一种是那种包揽诉讼、挑拨是非、使法律有充塞之患而导致国家受到危害的人。第二种是那些把法院卷入职权之争的人。他们不是法院的主人，而是法院的寄生虫。因为他们藐视法院的严肃，在私下牟取一些个人小利。第三种是可以称做“法院左手”的那些人，即那些狡黠多谋、阻挠法院正当程序并把公理引入邪道迷阵中的恶人。第四种人是那些收揽并且敲诈委托人费用的人。有人把法院比做灌木丛，一只羊在风雨中逃往其中以求安全之时，却免不了刮伤皮毛。上述这四种人足以证明这个譬喻之真了。另一方面，那些有多年经验的老成的法院职员，熟悉律例，做事审慎，通晓法院各项事务，他才是法院的良好助手，并且常常会给法官指引一条光明道路。

第四，谈谈君主与国家的关系方面。身为一名法官，他一定要记住，罗马十二铜表结语上的那一名句：“人民幸福就是最高的法律。”并且还要明白，法律如果不以达到人民幸福为目的，那么所谓的公正不过是一句空话。因此作为君主和执政者，若能经常与司法官员商议国家司法，共同携手担负国家和人民的共同使命，这真的应是一国之大幸。在制定政策的时候，一国之君要考虑到法律。在执法的时候，司法人员也要顾及国家的政治利益。因为往往在因诉诸法律判决事件之时，表面上看都是一些个人私事，而正是对这种事件的判决，常常会影响到整个国是。这里的国是，不仅是有关君主王权的大事，并且也包括任何能够

①参见《圣经·新约·马太福音》第7章第6节。

引起大的变革或者造成危险的事由，或者很明显地牵扯到一大部分人民的生活的事。再者，谁也不可以贸然认为，公平的法律与国家的政策两者确实是对立的事实。因为它们就好像人的精神和筋肉，生来便是共同协作的。司法官员还应当记住，所罗门王座的两边是由狮子支撑着的[①]。法官可以作为狮子，但他们必须只能做王座下面的狮子。同时他们也应当明白，狮子就是狮子，只能安心蜷伏在所罗门王座的下面，而不可阻挠或者凌驾于王权之上。身为一名法官，他们自己最高而且正当的权利，就是贤明有力地依照法律作出判决。因为他们也许记得，圣徒保罗对于他们的律法，另有一层更高觉悟的话："我们知道律法体现着正义，但是这更要求人们运用得当。"[②]

①参见《圣经·旧约·列王纪上》第11章第18节。

②参见《圣经·新约·提摩太前书》第1章第8节。

# 五十七　论愤怒

一个人要想完全消除怒气，这几乎是不可能的。那只不过是斯多葛派哲学家的一种夸张说法。我们对于化解胸中之怒，还是听一听神所告诫的吧："生气可以，但是不要犯罪。激动也行，但是不要含怒到日落。"①一个人的怒气和激动必须在时间与程度上予以节制。我现在想从三方面谈谈愤怒。首先，我们来谈谈发怒的天性习惯以及如何调剂缓和怒气。其次，如何压抑怒气或者至少使它免成祸害。最后，如何使别人发怒和息怒。

关于第一点，我们等到自己的冲天怒火过去以后，最好平静下来，好好沉思一下发怒造成的后果以及它是如何扰害人生的。这是最好的一种反思。塞内加说得很好："怒气有如坍塌的物体，自己把自己粉碎在所降落的东西之上。"再比如《圣经》中说的："要以耐性保持我们的灵魂。"②无论什么人，如果他失去了耐心，也就失去了灵魂。人不可以学得像蜜蜂那样："把它们的生命留在了所螫的那一个伤口上。"③怒气的确是一种比较卑劣的品质。它容易出现在一些身心状态不良的老弱病残等人身上，也会闪现于某些下层市民的弱点当中。所以应该注意，如果你被激怒，应努力在愤怒的同时给对方以蔑视，而不应表现出畏惧。

①参见《圣经·新约·以弗所书》第4章第26节。

②参见《圣经·新约·路加福音》第20章第19节。

③参见维吉尔《农事诗》。

关于第二点，怒气的主要原因与动机大致有三种：首先就是过于敏感。因此那些比较纤弱细致的人，一定属于经常生气的人。各种微妙的事情都可以使他们受到不同的刺激乃至打击。而这种事情在天性比较开朗的人身上，一般并不明显。其次一个人在所受的伤害中，发现或者想象带有羞辱成分时，他肯定更容易火冒三丈。羞辱之伤更会强化怒气，它比伤害本身更厉害。因此人们要是发现身受羞辱时，自然是很容易生气的。最后，名誉受损这种大事当然也会使一个人怒气冲天。在这种情况下，当事人最好的调剂之道，正如康萨弗所说的那样：一个人应当有一种“用粗绳子编织的荣誉之网”[①]——不能被他人轻易摧毁。

在所有的抑制愤怒的办法当中，最好的调剂术是时间，并且要让自己相信报复时机尚未来到，静静等待机会。不过尽管一个人可能生了大气，甚至怒火中烧，但是必须注意的是，要确保他的怒气不至于招灾惹祸。那么在这里，至少有两件事情要特别注意。这就是，第一，少用那些极端愤懑的语言，尤其是尖刻辛辣和涉及个人隐私的语言。因为骂世之言是无关紧要的，而骂人之言却是难以接受的。在怒火中烧时也不可以泄露他人秘密，因为这样做只会说明骂人者缺少起码的人品。第二，在处理某些事务时，不可在怒火中烧时将其否决。千万记住，纵使你在一时怎样发泄愤懑之情，也不要头脑一热做出任何无法挽回的事情。

关于第三点，至于如何使别人发怒以及息怒呢？这种事情的解决之道似乎主要在于选择一个适当的时间。要在人们最为急切或者心境最糟的时候，故意或巧妙激恼他们，让他们上当发火。还有一种办法，差不多也是如上所述，把你所知道的全部缺德事情，统统公布出来，不断增强对那个人的轻蔑和羞辱，让他动怒。而这将是轻而易举的事情。至于让人息怒，其方法与上述方

①康萨弗（公元1453—1515年），西班牙名将。

法正好相反。其一，与人初次提及某种可恼可恶之事的时候，最好还是要选择好一定的时机，不要胡来。因为给人的初次印象是很重要的。其二，就是要把一个人对于伤害的看法搞清楚，尽量让他认为伤害当中并没有羞辱的成分。最好能把这种伤害归之于误会、紧张、恐惧、激动或是其他原因。

# 五十八　论变迁

所罗门说过："世界上没有什么新奇的事物。"[①] 对此，柏拉图也有同样的见解，他认为："一切知识都不过是回忆。"[②] 对于柏拉图的上述观点，所罗门也有论述，即"所有的新鲜事都不过是遗忘了的事而已"。[③] 由此可以理解，为什么说古希腊神话中的勒忒河[④]不但在天上流，而且在人间大地上流淌了。有一位玄妙的星命学家[⑤]说："世上有两件事是恒定不变的。一件是天上的恒星之间的固定距离，永不走近，也不走远。另一件就是天体绕地球的周日转动[⑥]，是永远遵循着一定时刻。如果这两件事物不是恒定的话，那么世界上恐怕就没有什么东西是永远持久的了。"是的，凡是物质都处在永不止息的变化之中，永无停歇。事实确实如此。

掩埋一切的大灾难有两种：洪水与地震。至于大火与大旱，他们是不能完全消灭人类或者其他物种的。像法厄同[⑦]的车子，不过只跑了一天而已。还有以利亚时代的三年干旱，也不过是限于

①参见《圣经·旧约·传道书》第1章第9节。

②参见柏拉图《对话集》。

③参见《圣经·旧约·传道书》第1章第11节。

④勒忒河，古希腊神话中的冥国忘川。

⑤西方人士一般以为，这位星命学家是指公元16世纪意大利哲学家泰莱西奥。

⑥周日转动，参见古希腊天文学家托勒密《大综合论》等。

⑦法厄同是古希腊神话传说中的太阳神之子。曾私驾父车狂奔，险些让世界燃起大火。

一个地方而已，所以大火和干旱并不能够消灭所有人，所以更多的人度过了险年[①]。至于西印度[②]也常常有雷电引起的天火，不过大火的范围也是很有限的。还有值得注意的就是，那些幸而得救的遗民，大多都是没有知识的山居之民。所以他们是不能记录以往任何情况的。所以那些往昔人事也就都湮灭和被遗忘了。这种情形就像一个人一生什么也没留下一样。如果对西印度人仔细研究一番，就会觉得他们可能是一个比较新生的民族和人种。而在以前，该地曾有过大毁灭，不过大概不是由于地震之类的原因。

例如，埃及祭师告诉梭伦，大西岛之所以发生沉没，原因在于一场地震。不过事实告诉人们，大西岛并不是在地震中被吞下去的，而是因一种当地的洪水泛滥而湮灭的[③]。当时在那片区域并不常发生地震。而恰巧的是，在那里有倾泻欲出的大河，其气势大得吓人。与它比较起来，亚非欧三洲的河流简直就像一条小溪。不过那里的安第斯山，不知要比我们的山峦高出多少倍。由此大约可以预见，有一部分人类在洪水中幸存了下来。至于像马基雅维利的评语所讲的那种观点——宗教之间的派别之争是导致人类历史古事被遗忘的重要原因之一——我并不同意。此外，马基雅维利还诽谤格利高利一世[④]，说这位教皇曾经竭力毁灭一切异教古物。对于这一点，我并不曾发现宗教狂热能够产生多么大的影响，或者能够延续多久。这就像格利高利退位之后，萨比尼安继承教皇位置后，他短时间内恢复了多神教的风俗习惯。

关于天界“第十重天”[⑤]的变易，那并不是本文所要谈及的事情。但是如果这个世界能够延续那么长，柏拉图的所谓“大

①参见《圣经·旧约·列王纪上》第17章至第18章。

②当时西方人以为西印度是新发现的美洲。

③可参见本书《谈预言》。

④参见马基雅维利《论李维》第2章。

⑤参见古希腊天文学家托勒密《大综合论》等。

年”[1]也许真会发生什么效应。不过这种所谓的功效，并不在于每一个人的返魂复生，而在于整个世界重新开始。其实这一种说法不过是有些人的妄想，他们以为天体对人间有比实际更为密切的影响，从而让世界重新繁衍起来。同时也要注意到，彗星对于人世间确实是有影响的。但是世人对于彗星，至多也不过是仰望而已。虽然也注视它的行程，却不多去考察其影响，尤其不善于观察他们对世上之物造成的不同影响，而不论是什么样的彗星、大小如何、颜色怎样、光芒色泽、方向所对、位置航道、出现时间、产生影响等。

我曾经听过一种无关紧要的说法：“我不愿人们遽尔弃置，而愿意人们稍加注意。”据说在欧洲低地荷兰有一种民间传说，说每经过三十五年，同样、同类、同次序的年景和天气就会重新来一回。比如严霜、大涝、干旱、暖冬、冷夏以及诸如此类的反常事情。人们则把这种反常情况叫做“复元”。关于这一说法，我个人倒是非常同意的。因为据我自己的生活经历和追忆看来，仿佛也发现有些现象确实是这样的。

我们现在暂且不谈这些关于自然界的事情，而来谈一谈有关人世间的事情。可以说，人事当中最易变化的东西，无过于宗教派别的兴衰升沉。因为宗教派别对于人心的影响，就像轨道左右的行星一样。而世上唯一的真正的宗教是“建筑在磐石上的”[2]。其余宗教则是飘浮在时间波涛上浮沉起落的。所以我就来谈一谈关于新宗教教派兴起的主要原因，并且对此提出一些连带意见吧。不管怎样，我还是想凭着个人的有限见识，做出一些能利人的善举甚至贡献。

当人们对于现有的宗教教义产生一定分歧时，当宗教领袖的

---

①参见柏拉图的《对话集》。

②参见《圣经·新约·马太福音》第16章第8节。

行为不检点和道德堕落时，当人们面临的时代既愚昧无知而又野蛮自大的时候，只要有人振臂一呼，起身倡导，那么绝对有可能建立起一种新的教派。比如当年的穆罕默德就是如此。穆罕默德宣传他的教义的时代，就是一个完全具备上述诸种特点的时代。但是如果一个新的教派没有以下两种特性的话，那么你就没有必要害怕它，因为它是不会自行传播的。其中，特性之一就是要颠覆、代替或者反抗原有的宗教威权。对于这种理由，多数人还是加以赞许的。特性之二，就是允许人寻欢作乐、生活放纵，像那些在理论上标新立异的邪说，比如古代的埃瑞安派和现在的阿米尼安派[1]。虽然新教派对于人的心智有很大的影响，不过他们对于一个国家，却不能产生什么大变革，除非他们与政治上的势力勾结。

对于新教派的树立与创建，一般有三种方式。第一，凭借神运和奇迹力量。第二，加强布道诱惑。第三，借武装力量强组。至于那种宗教的殉教行为，可以把它视为不常见的奇迹行为而已，因为这种行为好像是超乎人类天性力量的。对于那些臻善至美的东西，当然值得人们惊羡其中的圣洁。这里我也可以把它列入奇迹之内。如果想要阻止一个新教派的兴起，恐怕再也找不到比如下方法和策略更为有效的手段了，即改良弊端，调和意见，减弱分歧，对于新教派中人处之以宽，而不要产生流血高压事端，并且用某些奖励擢升的办法，把最主要的宗教首领人物收服过来，而不是用暴力手段和酷虐刑罚刺激他们。

军事中的变化升沉也有很多样式，但是其中最主要的变易，应表现在三种事情上：第一，在战争地点或者实际的战场之上；第二，在兵器上；第三，在指挥作战的策略上。可以看到，古代的战事似乎总是由东往西打。因为波斯人、亚述人、阿拉伯人、

①阿米尼安派，欧洲宗教改革时期的一个异端教派。

鞑靼人都是侵略者，而且也都是东方人。高卢人则是西方人。但是我们从所读到的历史文献中发现，有关他们的侵略只有两次：一次是到了加莱西亚[①]，一次是打到罗马[②]。但是东方和西方并不是固定的地域概念，在天上也无一定明示坐标[③]。而关于战争的方向，我们也不能确定是自东往西，或者是由西到东。但是可见，南方与北方的界线却是基本固定的，并且南方的人来入侵北方的事，恐怕是少有甚至罕见的。而由北方南侵的事端比比皆是。由此可见，世界的北部应是天然良好的作战区域。或许那里是由于北半球星宿的原因[④]，又或者是北半球大陆的原因。而南部差不多全是一片汪洋。或者最显而易见的，是北方气候寒冷，这种天气就是不去锻炼也能让人体力强健、血气旺盛。[⑤]

一个巨大的国家或者帝国将趋向分裂的时候，人们就可以闻见战事的烟火味了。因为一个庞大帝国在强盛的时候，早已把它征服的势力削弱或者消灭了，进而壮大自己。到了这些帝国衰败时，一切也就颠倒过来了，他们也就变为外邦人的鱼肉。罗马帝国的情形便是如此[⑥]。日耳曼帝国在查理帝国崩溃之后也是如此，每一只鸟都要争一片羽毛[⑦]。西班牙到了衰败的时候，大概也会遇到这样的残局。一些国家希望获得同盟与合并时，恐怕也是要引起战争的。因为一个国家发展到过于强大时，它就会和发了洪水一样，一定是要泛滥的。比如罗马、土耳其、西班牙等等都是

①加莱西亚，今天土耳其境内一个地方。公元前25年时是罗马帝国的一个行省。

②公元前390年高卢人以武力直逼罗马，罗马人被迫退阵。

③东方西方不像北方那样可以把北极星当成坐标。

④北半球星宿，参见英国罗杰·培根《大成集》。

⑤参考“欧洲中心说”和《北欧海盗史》等。

⑥对危难之中的罗马帝国施行掠夺的有西哥特人、汪达尔人、匈奴人等。

⑦争一片羽毛，意指当时西班牙尚为欧洲一强国。

前车之鉴。观察一下世界情形就会发现，当一部分野蛮的少数民族为了自身生存，而不期望多生多育的时候，这个世界也将不会有人口泛滥、人欲横流的危险。当然除了鞑靼之外，世界各处的情形大致如此。但是假如那些人口众多的大民族，仍然继续人口繁殖而没有采取妥善的节制人口计划，那么也许就在每一两代当中，这些大的民族就有必要把本族人口移殖到别的国家去了。

移殖一类的事情，古代北方的某些民族常常是用抽签的办法决定的。他们的抽签可以决定，哪一部分人应当留驻本土，而哪一部分应当出外谋生。当一个本来好战的国家慢慢变得低迷的时候，就一定会有人向他们开战。因为这样的国家到了这种衰颓的时候，又往往是很富有的。这一块肥肉，注定会惹起别的国家眼红而与之作战。至于一国的兵器，那是没有什么固定套路可言的。然而我们可以看到，他们在这方面也是有反复和进展的。印度人早在奥克斯拉斯城战役中就有了大炮[①]。而这种大炮就是马其顿人称为雷电和魔法的家伙。并且人们还知道，中国人使用火炮的历史已经超过了两千年。关于兵器性质与改进之类的问题：第一，要能攻击远处目标，这样可以减少危险。这从大炮和毛瑟枪的用途上就可以看得出来。第二，打击力量要大，在这方面大炮的攻势超过了一切古代的攻城武器。第三，武器使用起来要轻便灵活。要在任何天气和情况下都可以使用，还要有携带方便等优点。

至于作战的方略，开始的时候人们总是过于倚仗兵力，以多取胜。当然，战争的最终决战主要是依靠士兵武力与士气的。从前打仗，双方对决，总是预先扎营驻阵，于公平情况下一决胜负。到了后来，战事就变化成了比较现代的打法，倚仗精兵，以少胜多。兵士渐渐懂得了占据有利地形，采用巧计，声东击西，诱敌深入，

①奥克斯拉斯城，古印度的一个古城。

瓮中捉鳖，并且发展到战术也更加成熟了。

一个国家在它的少年时代，武力上是最旺盛的。到了它的壮年时代，学术才是最发达的。然后才有了一个时代，武事与学术同步发达。在一个国家衰颓的时代，工艺与商业是发达的。学术也有它的儿童时代，那是它的萌芽期而且通常是幼稚的。然后是它的少年时代，这时候它是蓬勃而有朝气的。然后是它的壮年时代，此时它才是真正坚实有力的成熟。最后是它的老年时代，此时它快变得干枯衰竭了。但是对于这些变易事端，最好不要多看，以免世事无常搅晕了我们的脑袋瓜子。至于关于这些历史事物的记载，不过是套循环故事，所以也就不大适合在这里多谈了。

**图书在版编目（CIP）数据**

培根人生随笔 /（英）弗兰西斯 · 培根（Francis Bacon）著；乌尔沁译．—南京：译林出版社，2017.1
（典藏书架）
ISBN 978-7-5447-6597-8

Ⅰ.①培… Ⅱ.①弗… ②乌… Ⅲ.①随笔－作品集－英国－中世纪 Ⅳ.①I561.63

中国版本图书馆CIP数据核字（2016）第218740号

| | |
|---|---|
| **书　　名** | **培根人生随笔** |
| **作　　者** | 〔英国〕弗兰西斯 · 培根 |
| **译　　者** | 乌尔沁 |
| **责任编辑** | 陆元昶 |
| **特约编辑** | 王　锦 |
| **出版发行** | 凤凰出版传媒股份有限公司<br>译林出版社 |
| **出版社地址** | 南京市湖南路1号A楼，邮编：210009 |
| **电子信箱** | yilin@yilin.com |
| **出版社网址** | http://www.yilin.com |
| **印　　刷** | 三河市华润印刷有限公司 |
| **开　　本** | 960×640毫米　　1/16 |
| **印　　张** | 14.5 |
| **字　　数** | 236千字 |
| **版　　次** | 2017年1月第1版　2023年10月第4次印刷 |
| **书　　号** | ISBN 978-7-5447-6597-8 |
| **定　　价** | 34.00元 |

译林版图书若有印装错误可向承印厂调换